影劇六村飄阿飄

馮翊綱　著

眷村拆光了　故事開始了

一百則曾經爲人的鬼故事

新版序

八仙過海

七百四：話說，鍾離權、李鐵拐、張果老、呂洞賓、曹國舅、韓湘子、何仙姑、藍采和，到蓬萊仙島赴宴。

五十九：「八仙過海」。

七百四：俗話說「八仙過海，各顯神通」。

五十九：八仙把自己的寶貝丟入海中，各自駕馭著，渡過東海。

七百四：千年之後，一語成讖。

五十九：怎麼呢？

七百四：七十萬人的軍隊，連同家屬、難民，兩百萬人再次渡過東海，前往蓬萊仙島。

五十九：您說的是一九四九年大遷移。

七百四：也是「八仙過海、各顯神通」。
五十九：盡最大的努力，想辦法活下來。
七百四：第一步，上船。
五十九：啊？
七百四：東海巨浪滔天，不上船，怎麼跨得過去？
五十九：對。
七百四：曹國舅是皇親國戚，坐在特等包廂裡。
五十九：咦？
七百四：呂洞賓是傑出宗教界代表，坐在一等船艙。
五十九：哦？
七百四：韓湘子、何仙姑、藍采和，擠二等船艙，張果老受到禮遇，坐在博愛座上。
五十九：鍾離權和李鐵拐呢？
七百四：鍾離權很隨興，不買票，跟著人群混上船，站在甲板上，李鐵拐是叫化子，沒錢買票，也混上船來，躺在甲板上。
五十九：可憐。
七百四：各顯神通。

五十九：都上船了。等一下？一九四九年還有八仙哪？
七百四：蓬萊仙島上，本來住的都不是漢人，漢化的宗教、民間信仰，島上原本沒
有，也都是人帶過來的。
五十九：無論先來後到。
五十九：懂了。
七百四：世上有沒有神仙？取決於人心，人願意相信神仙，那就是有。
七百四：八仙也是一種比方，代表了男女老少、貧富貴賤，各階層的人。
五十九：是囉。
七百四：第二步，渡海，上了同一艘船，成了命運共同體。
五十九：怎麼說？
七百四：遇到颱風。
五十九：黑水溝經常發生的天象。
七百四：船撞上了冰山！
五十九：什麼？
七百四：被浪打翻，沉船了。
五十九：哎呀！

七百四：八仙過海，要各顯神通！
五十九：怎麼神通？
七百四：八樣法寶紛紛拋進水中。
五十九：一樣一樣說。
七百四：「如意擀麵杖」。
五十九：這？
七百四：可粗可細、可長可短，進到水中變粗變長又變大，一百多人扒著。
五十九：有救了。
七百四：「通天蒸籠」。
五十九：是？
七百四：六個六個結成環狀，浮在水面，一百多人套上了。
五十九：救生圈！
七百四：「紫金銅鍋」。
五十九：這很重吧？
七百四：真空的，完全浮出水面，一百多人蹲在鍋裡。
五十九：成火鍋料啦？

七百四：這時候，有人從浮在水面的木箱子裡，取出一罐「辣豆瓣醬」。
五十九：沒有心情吃了吧？
七百四：倒進水中。
五十九：幹嘛？
七百四：引來一百多隻海豚，組成水中救難隊。
五十九：海豚喜歡豆瓣醬？
七百四：吃了以後很high，紛紛蹦出水面。
五十九：那是辣的吧？
七百四：一百多人騎在海豚背上，合力牽引著蒸籠、銅鍋、擀麵杖，游向蓬萊仙島。
五十九：過海了！
七百四：氣氛有點枯燥，有一個人掏出一袋銀元，打水漂玩兒。
五十九：銀元打水漂？
七百四：不怕，他多的是，而且身手了得，向前丟出一個銀元，他也向前跳躍，踩在銀元上，蜻蜓點水！
五十九：這是「水上飄」啊？

七百四：練過輕功。
五十九：高手啊。
七百四：另外一個也忍不住了，掏出一個唱京劇用的馬鞭。
五十九：這能幹嘛？
七百四：使出各種身段，拉馬、跨馬、上馬、跑馬、躍馬，隨著身段，身體也浮出水面。
五十九：他也有功夫？
七百四：馬鞭是個法寶，叫「快馬加鞭」。
五十九：喔！
七百四：越耍越歡！唱上了！（唱西皮快板）「公主賜我金鈚箭，見母一面即刻還。宋營離此路途遠，一夜之間怎能夠還？宋營間隔路途遠，快馬加鞭一夜還！」
五十九：「快馬加鞭」在這兒呢。
七百四：他們兩人的舉動，激勵了大家，努力向前游！
五十九：氣氛不一樣了。
七百四：終於，出現了高潮！

五十九：誰？
七百四：什麼誰？高潮！海面突然波濤洶湧，大家被晃得東倒西歪。
五十九：穩住！穩住！
七百四：又有一個人，拿出兩把摺扇。
五十九：早被海水泡壞了吧？
七百四：這是法寶，叫「呼扇呼扇」。
五十九：「呼扇呼扇」？
七百四：對著它，唸咒語，「吃葡萄不吐葡萄皮兒，不吃葡萄倒吐葡萄皮兒」。
五十九：繞口令？
七百四：那人一手一把扇子，「呼扇呼扇」……像蝴蝶一樣，飛起來了！
五十九：哇！
七百四：再唸另一個咒語，「和尚端湯上塔，塔滑湯灑湯燙塔！」
五十九：扇子？
七百四：「呼扇呼扇」……停留空中盤旋！「玲瓏塔！塔玲瓏！玲瓏寶塔第一層，一張高桌四條腿兒，一個和尚一本兒經，一個金鈴整六兩，西北風一刮，慶格兒隆格兒響蹦兒崩」！

五十九：這？

七百四：完成開機模式，現在可以隨意飛。

五十九：當時就有無人機啦？

七百四：怎麼無人？有人！得要一直說段子，充電。

五十九：相聲段子是充電寶啊？

七百四：〈姥姥年〉、〈賣布頭〉、〈戲劇雜談〉、〈琴棋書畫〉，到〈黃鶴樓〉、〈空城計〉、〈關公戰秦瓊〉，一段一段的背呀。

五十九：傳統相聲大全。

七百四：「呼扇呼扇」在天上飛得好自在，風浪也停了，大家一邊游泳、一邊聽戲、聽相聲，好愜意呀！

五十九：好奇幻呀！

七百四：各顯神通，大家都獲救了。

五十九：等一下！蒸籠、銅鍋、擀麵杖、豆瓣兒醬，再加上銀元、馬鞭、「呼扇呼扇」，這才七樣法寶？

七百四：怎麼了嗎？

五十九：「八仙」，得要有「八樣」法寶。

七百四：這麼硬？
五十九：就要。
七百四：「人」。
五十九：嗯？
七百四：準確地講，是「有手藝的人」，就是第八樣法寶。
五十九：喔。
七百四：沒有人，沒有記憶、沒有傳承，什麼法寶也起不了作用。
五十九：有道理。
七百四：終於來到第三步，上岸，抵達蓬萊仙島。
五十九：從此享受神仙生活。
七百四：全部重新開始。
五十九：啊？
七百四：施展手藝，想盡辦法活下去。
五十九：繼續各顯神通。
七百四：島上有很多善良的人，幫助剛上岸的人，建造新村子，大家安身落戶。
五十九：眷村。

七百四：擀麵杖、蒸籠、銅鍋，這些島上原本沒有的道具，交替合作，發揮了極致的作用，創造出島上原本沒有、後來誰也離不開的好東西。

五十九：都有？

七百四：饅頭、餃子、餛飩、蔥油餅、荷葉餅、小籠包、燒餅油條、酸菜白肉鍋。

五十九：成為日常。

七百四：各種手藝，代代相傳，一直傳下去。

五十九：扎根了。

七百四：各種來自大陸的料理，口味都有了些微的改變。

五十九：配合本地食材、調味料，不得不調整。

七百四：辣的不會太辣、鹹的不會太鹹。

五十九：也因此變得不道地了。

七百四：來自不同的菜系，在島上都為了別人的需求，進行調整。

五十九：希望大家都喜歡吃。

七百四：更是多了一層「想家」的滋味。

五十九：有了自己的特色。

七百四：進而發明許多，傳統家鄉菜所沒有的新菜色。

五十九：都有？

七百四：牛肉麵、蒼蠅頭、老皮嫩肉、左宗棠雞、生菜蝦鬆、五更腸旺、京都排骨、蒙古烤肉、溫州大餛飩。

五十九：都是以前沒有的新菜。

七百四：感謝歷史的演進、命運的作弄，很多事物，得到了生存發展的機會。

五十九：改變，不一定是福是禍，而是「機會」。

七百四：這話說得地道。

五十九：道理我懂了！這個島上以前沒有京劇，但是後來因為訓練、學習、傳承，造就了許多位京劇大師，以前沒有，現在有。以前沒有相聲，現在也有了相聲大師，但是現在有，不代表未來還有。

七百四：您……真會說話？

五十九：過獎過獎。

目次

影劇六村村民代表合影留念
中華民國五十三年十月三十一日

餃子

影劇六村的北端，是一道清朝的城牆，牆垣雖然跑滿了爬藤，仍依稀可辨。牆外的舊護城河，在日據時代被修整成溝渠，有三道小橋連接城內外。

從最東邊的橋進村子，馬上遇到大上坡，上完坡剛到平路，右手一個餃子攤。麵粉袋拆開，縫接成大帳幔，用竹竿挑著，圍上三邊，有一種混淆的塞外風情。點上幾盞燈泡，配著湯鍋偶爾噴飄的蒸氣，有幾分「濁酒一杯家萬里」的意味。

阿琴就著一盞燈泡，演算著數學題，剛考上初中，正在適應西瓜皮短髮、平方和x、y的代數震撼。晚風微微，卻把四十燭光的燈泡吹得似鐘擺搖晃，題目都快吹歪了。

不預期還有客人上門？「這位叔叔很面生，不住在附近。」阿琴心裡掂量著：「不，根本不是我們村裡的。」她認人頗有把握，眼見這位微胖、小眼、個頭不高的中年男人，先做好了分類。「叔叔吃什麼？要快點囉，我們該關火打烊了。」阿琴不失禮貌地直說，按照軍區的規定，九點要熄燈宵禁，但多年和憲兵打好關係的小攤子，熄了燈還能招呼客人吃好了再收攤。

「羊入的二十個了嘛。」男人聲音很小，兼之頗有難解的口音。阿琴專注下來，再問：「請再說一次，您要什麼？」男人聲音更小，說：「羊入餡兒的叫子二十個了嘛。」對自己聽辨方言口音極有自信的阿琴，判斷這位叔叔的老家是陝、甘一帶，大膽重複道：「您要二十個羊肉餃子？」男人微微點頭。「對不起，我們不賣羊肉的，只有豬肉韭黃和豬肉瓠子兩種。」阿琴道。「以前都有的嘛。」男人說。「以前？」阿琴邊說邊想：「我就從來沒有賣過羊肉餃子，多以前？」

正說著，老爸從家裡拎著一桶洗碗水來了。看見對話中的女兒和客人，很不自然地僵住，壓低了聲量，說：「琴！過來！」阿琴向著爸爸走過來，順口說：「爸，他要羊肉餃子，哪有啊？」老爸把聲音壓得像是怕人聽去一般：「回家去，叫妳媽把我們自己要吃的牛肉餃子送過來，還有櫥子裡的小半瓶高粱。去！」

看這如臨大敵的情狀，聰明的阿琴知道，自有老爸來擺平奇特的客人。她快速收拾自己的功課，耳邊聽得老爸正在以極其和緩的語氣，勸慰客人：「鄉黨，您好久沒來了，我記得，你們回民不吃大肉，但是呢，我確實很多年不包羊肉餃子了，準備牛肉的好不好？我額外請您喝酒，吃好喝好您就去，好嗎？」

阿琴覺得有點莫名其妙，老爸平日也算硬漢，跟這人說話幹嘛這麼委屈掰裂的？走出圍幔，回頭望了一眼，老爸躬身哈腰地，影子映在帳子上。

所謂「燭影搖紅，夜闌飲散春宵短」。阿琴想著，有點想笑。

「但是那個人的影子呢？怎麼沒有映在帳子上？」

孕婦

從許多年前看，她就是個孕婦。

幾乎沒什麼人聽她說過話，也不知鄉音何許？有人說聽過，只能確定不是北方人。

影劇六村三百一十三號，是個邊角房，靠同排十家的最東側。六〇年代拆除籬笆、改建紅磚牆的時候，偷偷往外推了一些，以至於院子比較大，挨著牆，多搭了一間小房，孕婦就寄居在三百一十三號的院裡。

戰爭結束前，在家鄉懷上了孩子，丈夫又出門了。鄰家的大姊跟著姓湯的軍官丈夫逃難，一把一牽，把她也從家鄉拉出來了。她為此埋怨：「若不離家，丈夫恐怕已經回來，我既不在家中，他又依什麼線索尋來？」

湯家夫婦也不見棄，留她同住，便是三百一十三號。

她總是自己打水，天未亮時，雙手提著單提把的馬口鐵桶，到上坡管理站旁壓井水。一路提回來，總濺濕下半身子。對門阿姨六十多歲，早起見著，問她「要不要幫忙？」她沒有回話。

但腹中的孩子早就該生，卻始終懷著。

「總不能孩子一出生，就見不著爸爸。」據說理由是這樣的。

約莫是陰曆年剛過懷上的，到九月底就該生。據說九月生的人善良忠誠，重情重義。但九月沒有生。

又過完了一個陰曆年，都入了二月，據說二月生的孩子有氣質，將來聰明，人緣好。但二月沒有生。眼看過了五月節，據說五月生的孩子長相漂亮、好勝心強。但五月也沒有生。又一個八月節到了，據說八月生的孩子意志堅定、外柔內剛。但八月還是沒有生。

眾人議論：「該把孩子先生下來。」「懷了那許久，生下來恐怕不尋常。」「太久了，生不下來了。」「懷三年生下個肉球，三太子呀？」

湯家搬出了村子。孕婦卻留在院中。有時一個月看不見她，也就是天不亮時打水回來，會被鄰人看見一回兩回。

左鄰的孩子長大，上大學住校去了，她面容依舊。巷底的少女嫁人，搬出去了，她面容依舊。對門的阿姨剛過了七十歲就走了，她面容依舊。

這條巷子的鄰居來來去去，遷徙的頻率過快，竟也沒有人發現，歲月在她臉上不著痕跡。乃至於後來搬來的鄰居，誰也說不清這孕婦的來歷。

或許，「等待」就是最好的理由，未完成的等待，在結果揭曉那一刻到來之前，一切都不會改變。

小麵人

匡媽媽的饅頭店，就在村子口第一家。但門牌並不是一號，影劇六村最初的規劃，是從接近軍營的下坡段開始，一號到八號的門牌是在西北角的城牆根，八個大房子，八座將軍宅，村人稱為「八家將」。重新規劃門牌號碼的時候，「八家將」不受影響，依舊是一到八號。

上坡段二百戶，是後建的，直接用新號碼，匡媽媽的門牌九號。匡媽媽是江北人，口音很重，沒人問過她，也不知是徐州？淮安？還是鹽城？總之你說買饅頭，她必定問：「抛點摁點？」

都說「山東大饅頭」，實際上江北再往北走幾步，便是山東，飲食文化連成一氣。「抛點摁點」，指的是「饅頭口感要膨一點的？還是硬一點的？」在眷村出生的小朋友，除自家方言之外，還要設法聽懂大人們所帶來的大江南北各種口音，實是辛苦，但也自有一種理解方法。例如到匡媽媽家買饅頭，當她問你「抛點摁點？」

的時候，就說：「一樣買一個！」一次就能解開口音的謎團，下次再來的時候，什麼樣的想買幾個，就隨意了，匡媽媽那麼大年紀，也無需為了誰改變鄉音，極瘦的體態，彎折的身形，令人擔憂她每日揉麵的辛苦。

早年饅頭發麵，沒有方便的化學酵母，都得靠傳統的「麵引子」，也就是一般俗稱的「老麵」。

匡媽媽的麵引子，不知什麼來頭。每天，也就是八大籠，三籠「抛點」，三籠「摁點」，一籠蔥花卷，一籠三角豆沙包。晚上七點以前，保證賣光。匡媽媽拉上窗戶，上上門板，回到後屋，兩個大鋁盆敞在地下，倒上大堆的麵粉、添上水，從抽屜裡取出一個小木盒，木盒反覆上過深綠色油漆，又顯斑剝了，再拉開橫抽的盒蓋，取出一個密封的小玻璃盅。

玻璃盅一掀開，透出一股酒香，夾雜著玉米、高粱的氣息，還有微風吹拂淮安的柳樹，仰臥徐州郊外水道上的小舟，水藻漂浮的氣息。從玻璃盅裡站起兩個小麵人，一個白胖胖的，一個黃乾乾的，各自跳進一只鋁盆，跳、蹦、翻、滾，騰躍、拿頂。乾瘦佝僂的匡媽媽一旁欣賞著，完全不用動手。

那日門板擺上，卻忘了從裡面上扣，露了一道門縫。一個客人，看到門裡有光，以為還有饅頭可買，一推門就進來了。兩個小麵人慌忙地從鋁盆裡跳回玻璃盅，匡媽媽緊急地蓋了蓋子。

這件事情本來沒有人知道，都是被那個莽撞人看到過一次，話才傳出來的。都說老麵引子用得次數多了，饅頭會發酸。但匡媽媽的饅頭一點也不酸，卻不知是何緣故？

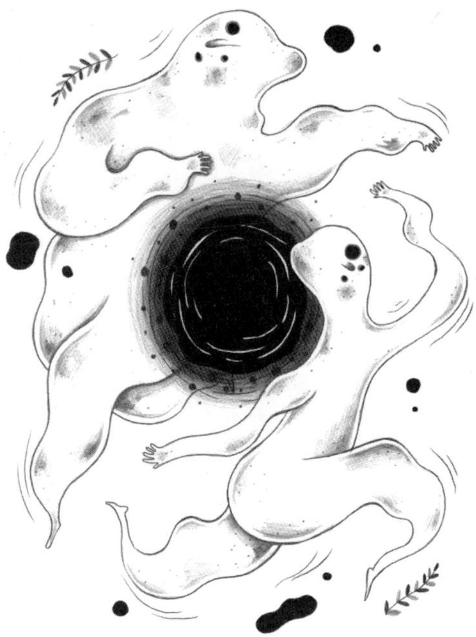

聚聚

從市場出來，兩個主婦聊上了。

紅毛衣的問道：「昨天你們家來客人哪？」

白外套的說：「沒有啊？」

「半夜三點多鐘，哇啦哇啦，有說有笑的。」

「是隔壁婆婆們打牌吧？」

「婆婆們裡面沒有山東人，是三個山東大漢說話呢。」

白外套的太太頓了一會兒，說：「噢，是老孫他們。」

影劇六村二百號以後的門牌，大多在下坡段。而菜市場剛好位於坡脊上，坡上坡下的眷戶，來到市場的方便程度一樣。下坡段的眷舍興建比較早，接近營區，但總坪數比較小，同排只有八家，面對面的八家固然有巷道相隔，而背靠背的另外八家，間距特小，以至於來到自家後段，聽聞背鄰家中說話，彷彿一家。

紅毛衣太太，就是住在白外套太太的正後方。

三百零九號，最一開始是十三號，後來擴大建村，上坡段蓋好之後，重編了門牌號碼，成了三百零九號。當初十三號裡，住著孫士官長。

孫士官長是山東人，沒有右手臂，整個兒沒了，和其他穿軍服的人見面，總見他立得特別直挺，彷彿是代替那條隱形的右臂，補強了不能行舉手禮的缺憾。人們並不是怕他，而是很難不去看他沒有手臂的右半邊，長久下來，鄰居總是打打招呼，很少對話。

他娶過一個山地姑娘，所以配了眷舍，但聽說老婆跑了。

每個月的最後一個禮拜六，總有兩個朋友來，是同一個單位的兩個同鄉，都沒結婚，住營房的。三個山東漢，在有眷舍的老鄉家裡聚聚，說說家鄉話，吃點饅頭、槓子頭，灌幾瓶兒黃白酒。

總是通宵達旦。老孫的其中一個朋友會說「武老二」：「武老二的雞巴長，他扭扭捏捏裝姑娘……」

另一個朋友的口頭禪是：「他奶奶媽了個屄！」

說完狂笑一串：「哈哈哈……」

老孫倒有節制，不一會兒會提醒：「小點兒聲兒，人家睡覺呢。」

曾經有人受不了，出聲罵回去：「肏你們姥姥！別人是在睡覺！」三人踹開了鄰居後門，鬧大了，驚動了白頭翁（憲兵），三個山東漢收斂了兩個月沒聚。

後來故態復萌，鄰居互相提醒：「這幾個是爆破大隊的，吃火藥當宵夜，少惹吧。」

孫士官長好長一段時間沒回來。有一天，軍方來了一批人，清點搬遷他的物品。聽說是「試驗新式手榴彈的時候怎麼怎麼了，一次炸掉了五、六個。」

重編門牌後，三百零九號住進了新的一家人，起先受過一點驚嚇，後來覺得他們沒有惡意，只是老鄉需要聚聚，逐漸也就聽不到了。

紅毛衣太太問道：「真不害怕呀？」白外套太太說：「一個月才一次，就當來了朋友，不嫌麻煩。」

籬笆姊姊

影劇六村八十三之一號是一道竹籬笆，沒有人住。顧名思義，它是附著在八十三號旁的加蓋小屋，面對小土堆和大圍牆，大圍牆外是大馬路，有時為了方便，身手好一點的哥哥姊姊，都是直接翻牆出入，牆外就是公車站，正規走村子大門，得繞一大圈。

籬笆姊姊不住在八十三之一號，她好像住在下坡，但上坡三條巷的小朋友們都認得她。因為，籬笆姊姊總在八十三之一號門前，和美國人親嘴。

那年頭電視剛開播，黑白的電視節目裡，還沒有人親嘴，時裝電影裡偶爾有，武俠片裡沒有。鑽防空洞玩，偶爾會撞見國中生抱著親嘴，但裡面氣味不好，畫面也不怎麼好看。

籬笆姊姊和美國人親嘴好看，因為她長得漂亮。總是穿著淡藍色的洋裝短裙，腰上繫著銀色緞帶，大波浪卷的長髮，白白細細的長腿配一雙銀色細帶子的半高跟鞋。美國人也長得很好看，大鼻子，寬下巴。小朋友說：「Hello!」美國人會用中文說：「你好嗎？」他們很大方，盡興、忘情地親嘴，小朋友也不喧譁起鬨，遠遠靜靜地看，電視電影裡演的，都不如這個好看！美國人離開以前，會掏出一個扁扁、黃色的盒子，每個小朋友發一顆白色的「芝蘭口香糖」。

一個下雨天，不知誰家的電唱機放得好大聲：「Don't they know it's the end of the world?」襯著雨聲、英文歌，籬笆姊姊一個人在籬笆前站了一整個下午。

有好長一段時間沒看見籬笆姊姊，據說，因為美軍走了，那個美國人必須跟著走。有人說後來籬笆姊姊被接去美國了，也有人說是她自己找去美國的，有人說美軍王八蛋，對村子裡的少女始亂終棄。

但也有人曾經看到，籬笆姊姊還住在下坡那邊的家，變得好瘦好瘦，頭髮削得短短的，沒以前漂亮了。

又過了一陣子，在八十三之一號的籬笆前，有小朋友似乎看見籬笆姊姊，很巧地，那天又有人在聽英文歌：「Why does my heart go on beating? Why do these eyes of mine cry?」

八十三之一號始終是空屋，而且籬笆早已朽爛，清除掉了。

當年的小朋友後來都長大了，有些人離開了村子。但因為口耳相傳，新來的小朋友經過附近的時候，還會刻意找找，籬笆姊姊是不是在附近？

有人真真切切地看到過，只要聽到這首英文歌：「Don't they know it's the end of the world? It ended when you said goodbye.」籬笆姊姊的身影就會出現在那兒。

而且，下雨天會看得比較清楚。

紙娃娃

「黎千惠！走開啦！」這句話是黎千惠最常聽到，也是早已習慣了的喝斥。

黎千惠小嬰兒時候，媽媽給她洗澡，燒好一鍋熱水，還沒對進涼水盆，失手把女兒滑進滾水，燙壞了左鬢，一大塊明顯的禿皮。她已是子弟學校三年級的學生，為了遮掩左臉，經常戴著小黃帽，但老師不准在教室裡戴帽子，也交代過同學不要排斥黎千惠，但同學們看到那塊禿皮，還是不由自主地害怕。

王彩薇的爸爸去美國亞特蘭大開會，給她買了一整本的紙娃娃，據說是一部經典電影《亂世佳人》，女主角衣櫥裡的全部衣服，十九世紀的美國貴婦，各種舞會禮服、騎馬勁裝、農莊工作服，乃至鞋子、帽子、內衣、束腰……

全班的女生都冷落了自己在文具店買得的紙娃娃，全擠到王彩薇的座位前圍觀。

「黎千惠！走開啦！」獨獨針對黎千惠，她只要稍稍湊近，就會爆出這一句，來自不同的同學。

她放棄了，心灰意冷地離開了教室。去和美術老師要了一張圖畫紙。

黎千惠的家，是影劇六村「萬里長城」和「護城河」夾縫間的那些散戶之一。當年還沒有開放結婚，她的媽媽先懷孕了，爸爸在城牆根上搭建小棚，陸續就生了六個，後來就地合法，編了門牌號碼。黎千惠是家裡老么，她沒有零用錢，也買不起雜貨鋪的紙娃娃。

她最喜歡班上那個叫馬霄漢的男生，上次美術課，老師規定畫「人像」，黎千惠就畫了馬霄漢打躲避球，躍起擊球的瞬間，老師誇獎說「是班上畫畫最有天分的學生」。老師也知道黎千惠的家境，所以決定無條件、無上限提供圖畫紙。

但是，被同學知道她喜歡馬霄漢，就該糟了！同學笑也就算了，馬霄漢卻再也不跟她說話。

黎千惠默默坐在角落、自己的座位上，用鉛筆畫下兩個紙娃娃，再用半銹了的「手牌小刀」仔細割下，一男一女，分別在背面寫下各自的名字。

放學時，她先走到王彩薇身側，舉起女娃娃，冷不防大喊：「王彩薇！」

王彩薇：「幹嘛啦！嚇死人啦！走開啦！」連三個嬌嗔。

黎千惠滿意地走開，然後到教室外，對馬霄漢做了同樣的事。

第二天上學，大家都覺得王彩薇不那麼好親近了，大家要求看紙娃娃，她也不拿出來。而馬霄漢更怪，不打躲避球，整日待在教室裡。

最恐怖的是，黎千惠坐在中間，王彩薇把郝思嘉從書上拆了下來，兩個女生一起幫她換衣服。馬霄漢坐在另一邊，微笑看著，順便趕走想要湊近的其他人。

而且從那日起，她們三個形影不離，成了最要好的同學。

化妝

小巧要結婚了。

小巧是個俏麗的山地姑娘，阿姨嫁給老士官，小巧也被輾轉介紹給莊家幫傭，莊太太剛生了兒子，小巧也喜歡這個小名叫「胖蛋」的小公子。

是投緣吧？莊太太的先生調到花蓮，很難回來一次，莊太太自己是軍區的雇員，胖蛋就託給了小巧，一歲多時，張嘴叫人，既不是「媽媽」，更不是「爸爸」，而是「小巧」。

胖蛋不吃飯，只要大眼睛的小巧餵；胖蛋不睡覺，只要會唱歌的小巧哄。很快地三年過去，小巧都十六歲了。

一天，胖蛋不知什麼原因，突然高燒不退，看了醫生也沒用，再不醒過來，腦子就要燒壞了。小巧和莊太太商量，她不知道自己該不該這麼做，但為了胖蛋，她要試一試。小巧的外婆，是部落裡的巫醫，她自小在一旁幫手，記得很多。

年輕的小巧，與外婆最大的不同，是沒有紋面。她借了莊太太的眼線筆，蘸著藍色印台的墨水，在自己的兩頰，畫上外婆的紋面圖樣，束起頭髮，唱起外婆的歌。過程中，胖蛋哭了，嚎啕大哭，夜裡也退燒了。

但奇怪的是，從那之後，胖蛋一看到小巧就躲，他不要小巧了。

部落有人帶話來，說小巧的外婆生病，需要她趕快回家。

再見到小巧是又三年後。原來，少女時代住在村子裡，也經常陪莊太太上菜市場，賣魚的老蕭，早就為大兒子物色好了媳婦，特別去部落提親，把小巧又娶回村子來。

就在菜市場擺了露天流水席，莊先生也回來，夫妻倆帶著剛升小學二年級的胖蛋，也去吃喜酒。看到穿著白紗的小巧，畫了很粗的眉毛，很藍的眼影，很紅的口紅，胖蛋忍著不哭，把臉藏到媽媽手臂裡。

莊媽媽邊笑邊責備：「臭小孩！都忘了小巧，小巧對你最好了！」胖蛋細聲地說：「就是她。」媽媽一頓，說：「什麼就是她？」兒子說：「就是我一直做的那個噩夢，過了大水溝有一個向下走的小房間，小房間裡有六扇門，都打不開，我一直哭一直哭，突然一扇門打開，小巧臉上畫著圖案，上來就抓住我。」

莊媽媽回想起幾年前，兒子高燒不退的那一次，彷彿想通了什麼，勸道：「我懂了，你小時候生病，就是小巧把你救回來的，那一天，她化了奇怪的妝，是要去嚇退害你生病的魔鬼。」

一說魔鬼，胖蛋差點哭出來：「她就是魔鬼！我的夢裡，她每次出現就是畫成這樣，而且長了三顆頭、六條手臂。」

來福不見了

芒果樹的附近有一顆大桑樹，芒果樹的正下方是一個防空洞，大桑樹在四十三號齊家的院子裡，季節一到，結的桑葚又黑又甜。

齊媽媽是本省人，同排的汪媽媽也是本省人，她們經常在齊家的院子裡，鉤毛線、說閩南語聊天。

汪媽媽的老三，剛上幼稚園，到齊媽媽家來採桑葚，邊採邊吃，盆兒裡沒有三兩，肚裡已經吞了一斤，吃得滿臉滿胸，都是黑紫色，他們家來福跟在旁邊，搖著尾巴，丟一顆桑葚給牠，聞聞舔舔，卻不吃。

來福是一隻雜種狗，短毛短腿，頭特別大，黑臉，兩顆黃點點眉毛。自己逛到汪家來，就待下不走了，所以取名叫來福。個性很好，誰叫牠，都會走過來打招呼。就是很臭，摸了牠要趕快洗手。

有一天，來福不見了。

有人說：「野狗，上別處去了。」有人說：「回牠原來的家去了。」但汪媽媽說：「都來我家一年多了，是我家的狗了。」又有人說：「該不會給哪個老廣吃了？」七嘴八舌推敲，齊叔叔的嫌疑最大。

因為，他是老廣。

大家盛傳：齊叔叔吃蛇，會活剝蛇皮，活摘蛇膽，下酒，一口喝掉。又說齊叔叔吃貓。某鄰居的大白貓，平日都在家裡，只不過跑出去一次，就再也沒回來。齊叔叔把貓和蛇一塊兒燉了，做成羹湯，是道廣東名菜「龍虎鬥」。加上雞，就是「龍虎鳳羹」，再加上鱉，就是「四聖燴」，青龍白虎朱雀玄武，到齊！

鄰居院裡的錦雞、池裡的幼鱉怎麼會消失的？這就說得通了！

說齊叔叔當然也吃老鼠，剛出生的，還沒長毛的小老鼠，生生粉嫩的活肉球，筷子一夾，「吱」一聲！沾沾醬油，「吱」一聲！嘴裡一咬，「吱」一聲！又是道廣東名菜，「三叫鼠」。

汪媽媽聽不下去，也受不了了，覺得和齊媽媽熟，直接挑明了問，但齊媽媽說，他們家老齊，是吃素的。

老廣怎麼可能是吃素的？定是深夜裡，剝切燉燒，趁黑把來福的皮骨廚餘埋了。汪媽媽越想越傷心，想像齊叔叔啃吃來福後腿的畫面，也越來越反胃。從此不再到齊家聊天了。

在齊家門口，用鼻子仔細聞，確實，那來福特有的餿臭味兒，還沒散呢。雖說死要見屍，但如果沒有特殊的肥料，他們家的桑葚怎麼能夠年年都結得又黑又甜呢？

九官鳥

梁太太四十多歲，是家庭主婦，講話有一點點南方口音，不確定是哪裡。梁先生是軍區的雇員，禿頭牙擦，看上去怕有六十了，但聽說他與梁太太同年。

梁先生騎著那台原是紅色的淑女腳踏車，前面籃子裡放著薄薄的舊公事包，龍頭把和後載物架同樣銹成咖啡色，載物架上還用蛋糕繩綑紮了海綿，那意思是可以方便梁太太側坐，但誰也不曾看過梁太太被先生的腳踏車載著出門。

梁先生每天準時六點回到一百一十四號的家，西裝褲怕磨到鏈條黑油，左右褲腿兒都用了褪色的粉紅塑膠衣夾夾著。接近家門口一拉煞車，跨腿兒下車一低頭，那幾絲僅存的條碼（雖然當年還沒發明條碼）會忽悠悠地飄起，梁先生反射動作，雙腳一著地，左手就順勢一胡，把條碼順過了地中海。

梁先生有個眾所周知的外號「死鬼」，原因很簡單。每天晚上總會聽見梁太太喊上幾聲：「死鬼！走開！」「死鬼！收好！」「死鬼！去扔掉！」

他們沒有小孩，卻不知道誰送給他們一隻九官鳥。那欠揍的鳥兒，剛來沒多久就學壞了，聽梁太太喊「死鬼」，就回應一聲「死鬼」，白天梁先生出門上班，牠便自己在簷下的籠子裡練習：「死鬼！死鬼！」多事的鄰居，經過梁家門口，會假裝不經意地喊一聲：「死鬼！」那欠揍的鳥兒就回應一聲：「死鬼！」

梁太太的弟弟，每天中午來姊姊家吃飯，他經常穿著米白色的薄夾克，頂多四十歲，一對瞇瞇眼，笑容可掬，梳個西裝頭。騎輛黑色的腳踏車，龍頭上的鈴鐺共鳴特別好，可能是純銅的，一到門口「噹啷噹啷！」門就開了。

因為是中午，大部分的人都去上班，只有少數鄰居見過這個自稱：「我是梁太太弟弟」的男人，沒人知道梁太太娘家姓什麼？也就不知道該稱呼這位「什麼」先生了？

沒多久，簷下的九官鳥會說另一句話了：「討厭……」那「討」字發輕聲，「厭……」字還拉長音，特有一種南方人的語音嬌嗔。欠揍的鳥兒，向四鄰炫耀，牠會講兩句話了：「死鬼！」「討厭……」「死鬼！」「討厭……」「噹啷噹啷！」

有一天晚上，梁家夫妻打了一架，鳥籠被砸爛。第二天一早就來了憲兵，梁先生半夜在原來掛鳥籠的地方上吊了，據說頭上的「條碼」垂向反方向，露出了油亮亮的地中海，真成了死鬼。

怪的是，從那天起，梁太太的弟弟也不來吃中飯了。鄰居有人說：「既然他們家有中飯吃，那幹嘛死鬼要帶便當，弟弟卻天天來吃中飯？」

倒是那該死的鳥兒，並沒有飛遠，老在附近幾家的樹上徘徊，嘴裡還唸著：

「死鬼！」「討厭……」「噹啷噹啷！」

晒書

丁老師五十多歲，就是一個人，沒有任何家人，丁零噹啷。

他是子弟學校的老師，宿舍分配不夠，撥了一戶士官眷舍給他。

寒假最後幾天，眼看要開學，天氣忽地大放晴，各家的枕頭、棉被都頂上竹竿、鋪在椅背、跨在矮牆上晒著。丁老師晒書。真的是晒書，不是晒肚皮，雖然不是七月初七，趁著乍暖還寒的初春太陽，把幾本家鄉扛出來的線裝舊書，攤開晒晒。

進進出出，也忙出幾道汗溜子。丁老師用濕毛巾抹了把臉，搬出躺椅，模仿郝隆，也晒肚皮。太陽有點閃眼，丁老師脫去了厚重的黑膠框眼鏡，順手抓了一本沒有封皮的線裝書，蓋在臉上遮陽。竟自昏昏睡去。

上學期末，班上新來一轉學生，羞赧寡言，且不是眷村子弟，一口濃重的閩南語，三年級的小臺客，完整的國語還說不上二十句。丁老師鄉音也重，是舌頭帶勾兒的青島話，老師說一句，學生就點頭，再問他記住沒有？學生又搖頭。反反覆覆來來回回。班上五十個十歲大的蘿蔔頭吵鬧成一團，倒有一個調皮鬼來幫忙攪和，老師說一句青島話，他給胡亂翻譯成從電視布袋戲學來的閩南話，直說到：「順我者生，逆我者亡。」那臺客學生都笑了，丁老師才發現被小搗蛋唬了，一藤條抽出！被那小鬼閃過。

小鬼頭搶出教室門，在走廊上狂奔，丁老師勃然發作，想「今日非抽死你這小鬼」，決意追去。小的一路跑下樓，老的死命後頭追，忽地場景一換，來到大芒草叢裡，幾次幾乎伸手就要逮著，卻不想那小鬼滑溜，像兔子一樣蹦高，橫著一條大水溝，他也一蹦而過，鑽進一個小門洞裡。

丁老師沒細看，也追入洞裡。那該死的小孩，居然回頭做鬼臉、扭屁股，一副「抓不著！抓不著！」的促狹嘴臉，一轉身，推開側邊一扇門，鑽了出去。丁老師緊追上去，卻推不動那門？看看對面，也是一扇門，試著推推？拉拉？橫拖？都撼動不得。

抬頭看見一個小光點，似是通風孔？丁老師抬頭望著那小孔，彷彿還在長高？越長越高、越離越遠，丁老師看不清楚，迷離間彷彿想起自己沒有戴眼鏡？用手摸摸鼻梁，剛好把書撥翻了，太陽晒臉，醒了過來。

驚覺好險，原來是個夢。仔細想想，夢中場景為何極度真實？教室、走廊、芒草叢、大水溝、那有門的房間、那光點？那搗蛋的學生，是誰？

丁老師抹了把臉，選擇忽略。摸著了眼鏡，戴回鼻梁，撿起剛才被撥到地下的書，一看，沒有封面的裸頁上，毛筆寫著《通玄經．解夢》。

蝦

一百七十八號的張爺爺過世了，幾乎一百歲，他孑然一身，全無親人。影劇六村幹事會議還特別請來軍法官，公開在管理站前宣讀張爺爺的遺囑。

不外乎就是受過哪位鄰居的照顧，所以把家裡的什麼什麼送給這位鄰居了。有人收到一張茶几，有人收到一套茶壺，大家不太有什麼感覺，收下，權當是對老人的尊重吧。

因為張爺爺幾乎是足不出戶，與鄰居互動極少，誰都跟他不算熟，過世前一年，甚至沒有人見過他。鄰長認定他還在的線索，來自賣魚的老蕭。

這老蕭收到的「遺產」也怪，一幅國畫立軸。老蕭很慎重地雙手握著，並沒有在人前展開，大家也覺得妙，這老蕭卻沒有足夠的書卷氣，怎會受贈國畫呢？

鄰長也姓張，和老蕭是子弟學校的同班同學，老哥們兒，下班收攤之後，也經常對飲兩杯。

這日老張又進老蕭家門，劈頭就問：「畫的什麼？」老蕭假裝沒聽懂老張的問題，但畢竟相熟了半輩子，四十多歲的老兄弟，騙不過去。「媽屄咧！想裝蒜啊？」老張之所以貴為鄰長，就源自於這股豪邁的江湖調調兒，嘴巴不乾不淨，輕易卸除人們的心防：「你個屄養，怎麼買通老頭子的？」

老蕭沒回話，展開國畫立軸，就勾在月曆掛釘上。不足二尺，小小一軸，畫心更是只有一尺，留白甚多，只以黑墨點線，畫得兩隻大蝦。

老張看得眼直了，他不是看蝦，而是看落款，兩個字：「白石」。

「這他娘的可值錢了吧？」老張似是識貨。老蕭說：「值錢的不在於賣畫，而是供畫。」老張以眼神示意，老蕭操作起來，使一個尋常的塑膠臉盆，接半盆水，老蕭插話：「必須是井水，自來水無效。」將這水盆置放在立軸下。

老張似要開口，老蕭示意安靜，十分鐘之後，「咕咚！咕咚！」兩隻活大蝦，落入盆中。

老張眼珠子快瞪出來了，老蕭示意安靜，就看那畫，接連著「咕咚！咕咚！」一次兩隻地掉出活蝦，總計十隻。

「行了！」老蕭移開水盆，向畫軸抱拳一揖，捲起收好，說：「一天十隻，多了沒有。好幾年前我偶然發現院中牆角的盆裡莫名奇妙地有蝦，次日天不亮我就偷看，發現是隔壁張爺爺順著牆洞倒過來的，有時十隻、有時八隻。我就按照當天的市場價錢賣蝦，因為新鮮，總能賣掉，賣的錢，我分八成塞在牆洞上，他就收走。我知道一定有蹊蹺，果然，他把這幅畫送我，還留了字條，教我怎麼用。」

老張的心眼向來比較機靈，他想得遠：「既然有自己掉出蝦的畫，有沒有自己生出茶葉的罐罐？自己長出熟飯的瓷碗？自己冒出雞湯的砂鍋？這些寶貝被哪些鄰居收去了？啊！怪不得張爺爺都不用出門呀！」

大衛

大衛是村裡最勇敢的孩子。

大衛是誰家的孩子？應該有人知道，但不知道的人多。影劇六村上坡段的一百多戶，都知道有個大衛，他在各個巷子裡晃蕩晃蕩。

大衛十來歲，身體瘦，個頭高，那額頭尤其高得出奇，刻劃著不符年齡的十多條抬頭紋。眼睛顏色很淡，兩眼長得很近，近得乍看下，彷彿鬥雞眼。上下嘴脣鮮紅鮮紅，卻總是半張著，上排門牙沒了，手指經常摳在下牙床。

他的智能，被鎖在腦中神祕的區塊，以致神情異於常人。

七十七號的董奶奶是河南人，傍晚時分，一開門，叫：「打衛！膩賴！」（大衛！你來！）大衛就進了院子，奶奶給他吃個番茄，大衛坐在院裡小板凳上吃番茄，因為沒有門牙，汁液鑽出牙床的大縫隙，噴濺在胸口，奶奶皺眉頭，大衛傻笑著。吃完了，用院裡的水龍頭沖沖手、糊糊臉、摩挲摩挲胸口，傻笑。

他一年到頭，都是那套卡其制服，上頭繡的學號拆掉了。

傍晚時分，董奶奶一開門，叫：「打衛！膩賴！」大衛就進了院子，奶奶給他吃個油炸糕，圓圓扁扁軟軟，糯米皮、紅糖餡兒的油炸糕。大衛坐在院裡小板凳上吃油炸糕，因為沒有門牙，紅糖汁液鑽出牙床的大縫隙，噴濺在胸口，奶奶皺眉頭，大衛傻笑著。吃完了，用院裡的水龍頭沖沖手、糊糊臉、摩挲摩挲胸口，傻笑。

他一年到頭，都是那雙磨回原皮色的軍靴，鞋跟兒重釘過。

傍晚時分，董奶奶一開門，叫：「打衛！膩賴！」大衛就進了院子，奶奶給他吃個辣椒卷餅，荷葉餅，抹一層麵醬、辣椒，卷肉片兒、大蔥，長條兒的卷餅。大衛坐在院裡小板凳上吃卷餅，因為沒有門牙，麵醬辣椒鑽出牙床的大縫隙，噴濺在胸口，奶奶皺眉頭，大衛傻笑著。吃完了，用院裡的水龍頭沖沖手、糊糊臉、摩挲摩挲胸口，傻笑。

一個夜裡，七十七號失火，四鄰都跑到屋外來，有人叫著「董奶奶！董奶奶！」卻無人應聲，好幾個媽媽都哭了。一個卡其高䠷人影左推右拽，鑽過人群，衝進了火場。大家都看見了，大衛要救董奶奶，大衛不顧一切，穿越大火的簾幕，要救董奶奶。「董奶奶不在家呀？」知情的鄰居後來才說：「董奶奶頭昏，去總醫院檢查身體，住院了。」

七十七號燒掉了。董奶奶再也沒回來。但是很多人堅稱，傍晚時分，還在院裡看見過大衛，開水龍頭，傻笑。

大衛是村裡最勇敢的孩子。

吃麵

向媽媽的小麵攤兒，在市場巷口，總是人滿為患。湯麵、湯米粉、乾麵、乾米粉，各分大小碗，再也沒別的樣式，每碗兩片水煮瘦肉，最多只能要求加蔥或不加蔥。水煮荷包蛋另點，可以要求老一點或嫩一點。

小姊妹已經混了很久，合吃一碗小湯麵，已經快一個鐘頭了，姊姊是小學生，妹妹上幼稚園。姊姊夾兩條麵條到小碗裡，妹妹拳握著兩根對她而言宛如樹幹的筷子，把麵條撥弄到碗邊，再把臉湊碗，吸掉麵條。

「我要喝湯。」妹妹要求，姊姊垮著臉道：「囉唆欸！喝完了。」妹妹突地推滿音量：「啊！我要喝湯！」姊姊也大聲：「小聲啦！回家告媽媽喔！」

向媽媽五十來歲，這兩個蘿蔔頭叫奶奶也有餘，舀著一勺湯，一步跨過來，把湯加到麵碗裡：「好，喝湯，不鬧喔，乖，快吃。」小的倒有禮貌，小聲說：「謝謝奶奶。」然後又轉向姊姊：「好燙。」姊姊白了一眼，用小湯匙舀了兩勺，分到小碗裡，吹吹。

向媽媽的攤子早上四點多就在準備，五點左右高湯燒好，就能煮麵，上早班的可以不餓肚子，上學的可以吃飽了再去。一路賣到中午，方便市場夥伴們吃了午飯再一塊兒收攤。不出門的鄰居也可以中午簡單吃個麵。

眼看快一點了，客人也幾乎走光，剩下角落一個伯伯，滋溜滋溜吸著麵條。向媽媽決定不理小姊妹，逕自收攤。卻在此時，一個清癯、卻大腹便便的少女走了進來：「向媽媽，還可以吃麵嗎？」她是熟人，向媽媽摸摸她額頭，說：「乖，還好還沒熄火！」向媽媽用破扇子呼搧呼搧，土爐裡的煤球最後一次發火，把湯又燒滾了。那少女捧著大腹坐下，面對小姊妹，又道：「向媽媽，今天想要兩碗不一樣，小碗米粉大碗麵，各加一個蛋。」那角落裡的伯伯聽到點餐，頓了一下。

妹妹大概把「加」字聽走了音，跳過姊姊，直接喊道：「奶奶！幫我下個蛋！」角落的伯伯哈哈地笑出聲來，向媽媽抹著汗，苦臉憋著笑，說道：「乖呀！奶奶會煮蛋，奶奶可不會下蛋哩！」

少女吃麵速度頗為流暢，微笑看著小姊妹，姊姊用湯匙接著蛋，逗弄妹妹，又把她逗得哇哇叫。她對妹妹說：「姊姊疼妳，逗妳玩兒的。」妹妹用一種「其實我早就知道了」的眼神回應這個不熟的小阿姨。向媽媽端走湯鍋，澆熄爐子，看著小姊妹和大腹少女前後離開。這才發現角落還有一個人。

角落伯伯問道：「這娃兒多年輕！就懷孕啦？飯量還這麼大！」「您不知道。」向媽媽解釋道：「媽媽帶她去照過X光，本應該是雙胞胎，另一個肉胎長在她肚子裡，也十六歲了，所以每次都得吃兩人份。」

蛋糕

潘太太有一個夢，想要一個生日蛋糕，不用太大，八吋的，巧克力蛋糕，上面再塗滿巧克力糖霜，市區的「百樂冰淇淋」買得到。

老公這個上尉當得頗辛苦，下部隊、打野外，三個月回不了一次家，老公的夢，是明年順利升少校。太太默念，還是讓他先圓了夢，自己的可以緩緩。

經過「百樂冰淇淋」的門口，她都不免對著模型多看一眼。一個完整的形狀、一塊切下來的三角形，顯現著層次：兩層蛋糕，中間一層夾心，頂層和四周塗著厚厚的糖霜，全都是巧克力！還加一朵巧克力奶油造型玫瑰花。潘太太心想：「這朵玫瑰花如果是粉紅色就更完美了。」

鄰居吳太太先生也是上尉，正好在人事單位擔任文職，聊天的時候暗示過，可以幫忙打聽潘先生的晉升。

這一天，兩位太太一起在院裡勾毛線，卻湊巧聊到了蛋糕。吳太太說，上次在軍官俱樂部參加司令的酒會，單位買來的就是「百樂」的巧克力蛋糕，十六吋的。聞起來那個香！嚐起來那個甜！齒頰間的柔滑！唇舌上的軟膩！

「那一天呀！」吳太太加強描述，以使得沒有在場的潘太太能身臨其境：「還有一種黑櫻桃，去籽，用紅酒醃過，配著香檳、蛋糕，簡直絕配！」

潘太太於是在自己腦中的烘焙料理台上，把「酒釀黑櫻桃」加了進去，兩層蛋糕之間的夾心裡，混著打碎的黑櫻桃，再用十二顆完整的在頂上布成一圈兒。不！要排成梅花的形狀，老公晉升少校，官階就是梅花，兩個願望合而為一！

當天晚上，她甚至做夢，具體看見了那個大蛋糕。夢中來到村子裡的「黑森林」，是一場戶外酒會，吳先生、吳太太都在現場分享了蛋糕，吳太太吃著蛋糕，側著羡慕眼神，一句話也不說。

新年度任官令布達，有點出人意料，演習的時候，兩個義務役士兵誤用槍械，潘上尉遭到連坐，來年晉升無望了。反而是吳先生，無災無難，順利升上少校，在軍官俱樂部主辦餐會，潘家夫婦也被邀請，不想出席卻又不便失禮，只好到場。

十六吋的大蛋糕推了上來，巧克力大蛋糕，頂層用酒釀黑櫻桃排成大大的梅花形狀。吳太太故意調高了音量：「這個蛋糕，是我做夢夢到的，高人指點，我遵照夢裡指示訂做的，而且我們是在黑森林裡做蛋糕，所以酒釀黑櫻桃巧克力蛋糕，也可以命名為『黑森林』。」大家都分到薄薄一片，潘太太吃著自己夢想了半輩子的蛋糕，卻一點嚐不出味道。

歡愉的道喜聲中、熱烈的掌聲中，潘太太陷入了自我空寂的思維裡。這樣一個蛋糕，明明是在她的夢中，明明該是在她老公的晉升酒會上，蛋糕上的細節想像，潘太太不曾對任何人說過，怎會這樣一絲不差地，明擺在這裡呢？

跟誰打電話

夏日下午三點的管理站，風連大榕樹的鬚都吹不動，蔭涼偏斜，遮蔽不住房子。電扇左右擺頭，值班幹事正在辦公桌上接電話，為了上個月的幾張表格填錯的數字，正在挨刮。卻聽得窗邊有騷動。

一扇向外的窗戶邊，擺著一台軍用電話，沒有撥號鍵盤，一拿起話筒，總機便會出聲，向總機說明自己身分、說明掛接的號碼，以及對方身分、大名，總機驗證無誤，便會接通。但在戒嚴時期，所有的人工接線電話，都會同步錄音，講電話必須收斂，留心「隔牆有耳」。

他看到窗戶拉開，一個面熟的孩子攀上窗台，個頭不夠高，手臂跨越窗框都顯得吃力。這個五歲的男孩，叫小達，經常來打電話。他的姑姑在軍區裡擔任雇員，孩子的父母離異，於是小達暫時跟著姑姑住，經常端著大板凳來管理站，在窗外請總機接電話找姑姑。雖是個孩子，但經常請總機接線，也確實是聯絡親人，雖不完全符合電話應用規範，但總機多數也是「阿姨」，都方便通融。

幹事掛下剛才的電話，半腰聽著小達和那一頭的通話。

「我都自己刷牙，可是小飛象的杯子放在原來的家裡，我現在用的是大人的杯子。」說完一句，有一點間隔，是在聽那頭說話。

「李曉傑要抓蜻蜓，周康華丟石頭，想要嚇走蜻蜓，結果打中李曉傑的頭，流好多血噢！後來老師打手板，周康華被打五下。」

有那麼一分鐘，小達沒說話，似在聽著那頭的話語。

「我不喜歡跟爸爸住，我也不喜歡跟媽媽，我要姑姑。」突然冒出這句，頓了一下下，接著說：「可是爸爸喝酒，喝酒回來就罵我，還打我。」

「妳什麼時候回來？」順著「回來」二字，他「哇」地決堤了。電話那頭似在安撫，小達「嗯、嗯」地回應著，大概又有一分鐘沒說話。接著，說了幾個「好」，向那頭道別。

話筒頗重，小達抓不穩，一直掛不回準確位置。幹事走向窗框，接過話筒，掛了回去。「謝謝。」村子長大的小孩通常禮貌都很周到。「不客氣。」幹事輕聲問道：「小達，又跟姑姑打電話呀？」「嗯。」「姑姑去哪裡了？不回來？」「姑姑回老家了。」幹事電了一下，續問：「回什麼老家？」「大陸老家。」幹事頗覺不妙，追問：「什麼時候的事情？」「上禮拜。」

小達說著又要哭了：「姑姑騎車上班，被大車撞倒，去住醫院。後來爸爸就把我接回去，說姑姑回大陸老家，再也不回來了。」邊說著，端起了板凳，兩行豆大的眼淚滑下來，著實委屈。

回營報到

陶姥爺九十歲了，身子硬朗，每天走一萬步。村子很小，來回穿盡了所有的巷弄，差不多就走夠了，但有時膩了，換換路線，就會走到村外的馬路上來。

影劇六村是營區周邊其中一個眷村，最接近營區的南大門，南大門和北大門都是軍隊的形象，豪邁雄壯，由陸戰隊的警衛營站崗，經常可見黑頭轎車出入。

營區的東側門雖然比較窄，卻是特別忙碌。在營區裡上班的人們，都是從東側門進出，交通車、補給車也都走東側門。每逢星期日晚上，阿兵哥們休假結束，回營報到，東側門就像是主題樂園的大門口，大長串的人龍，檢查證件、檢查隨身物品，進管制區之後，卡車停在路旁，阿兵哥認了自己單位番號上車，接駁到各單位營房。

最壯觀的，是綿延幾百公尺的攤販。距離東側門不到兩公里，是公車總站，收假的阿兵哥，回來早的，吃吃逛逛，慢慢晃過去。稍微回來晚了的阿兵哥，背著背包小跑步，是常見的景象。實在已經誤了時間的阿兵哥，會合租計程車，短程狂飆到東側門。

陶姥爺是跟著兒子來臺灣的，老伴早就過世，兒子又調差去了別處，他一人住在村子裡。年紀大，人緣卻很好，說說笑笑的，也愛管管鄰居的閒事。

陶姥爺管過一檔閒事。那天下午耽誤了走路，快九點了，決定補走。看看村外馬路，路燈明亮，一時興起就逛出來了。由於接近營區南大門，馬路上沒有任何商家，是一條空路，兩旁鳳凰木，自然形成了綠蔭步道。路燈隔著細碎的葉子閃爍，很有南國情調。

接近營區大門，看見一個阿兵哥，背著大背包，低著頭在哭。

陶姥爺熟知營區習慣，劈頭就說：「小夥子！要遲到了吧？怎麼在這邊呢？該去東側門呀！」

那阿兵哥沒回話，只是啜泣。

好巧地來了一輛計程車，深紅色車身，黑色車頂，那年頭還沒有規定計程車必須是「小黃」。陶姥爺一招手，車停下，他拉開後門，讓阿兵哥上車，自己坐前端副駕駛座，對司機說：「東側門。」

一路上，那司機沒說話。經過公車總站，看那些攤販正在收攤，阿兵哥都回營了，下個禮拜見了。陶姥爺語帶責備，兼有疼惜：「是新兵吧？還搞不清集合的門，下錯車了吧？當兵又沒錢坐計程車，不怕，這趟車錢我請客。」

東側門到了，車停，陶姥爺等了半天，後座沒動靜，他邊回頭邊說：「小夥子還愣著，下車呀？」定神看清，後座沒有人，陶姥爺回臉看著那計程車司機。

司機停頓了一會兒，說：「五十塊。」

散步

老曾是四川人，小時候在老家經常幫忙奶奶做豆瓣醬，一門家傳小手藝，沒想到來到臺灣，成了安身立命的絕活兒。

老士官退下來，錢也不夠花，原本只是聊慰思鄉之情，做點豆瓣醬配飯、拌麵，做多了，分享左鄰右舍。不想名聲傳開了，有間接吃過老曾豆瓣醬的陌生人上門詢問賣價。老曾毅然決定半百創業，就在市場最底角落頂了一攤，兼醃榨菜、釀豆腐乳，一夕間，「老曾醬園」居然成了影劇六村以外都知名的品牌。

所謂市場，是違章建築積年累月，就地合法的畸零聚落，都掛上影劇六村的門牌號碼，但是，那些切割的、頂讓的、後來依附的，就跑出「之一」、「之二」、「之三」的門牌，明明只有十幾個號碼，實際上，這裡擠了三十多戶，都是攤商。門面是攤位，小院、客廳是倉儲，最底端擺個簡單的榻鋪，睡覺。

也是做出興趣來了，除了家傳的四川豆瓣醬，老曾後來學會的客家福菜、東北酸菜、湖南榨菜，都頗具特色，尤其，「紹興醉方」堪稱一絕！

「紹興醉方」是一種豆腐乳，顧名思義是帶有酒香的豆腐乳，用紹興酒當佐料釀製。臺灣雖不是浙江，卻生產紹興酒，關鍵因素不是別人，正是「蔣老先生」。老曾有紹興酒可用，釀製「醉方」，輕而易舉，連浙江來臺鄉親，都說吃了會想家呢。

那一晚，就是為蒸好的豆腐乳裝罐，一盞小燈泡下，一塊一塊地排進玻璃瓶裡，急不得，頗耗時間，一百罐紹興醉方裝好、封蓋，得要擺上三個月發酵。老曾直忙得兩眼發花，一沾臥榻，瞬間睡去。

感覺也就是剛闔上眼，就被敲醒，老曾勉強睜開昏花的兩眼，迷濛間，看似一個兒童站在門口，拿手中的棍子敲門框「叩叩！叩叩！」老曾沒好氣：「格老子！幾點啦？不賣！」來人好濃的寧波口音：「阿拉買醉方。」老曾心頭奇異感瞬間劃過：「幾歲娃兒？說家鄉話？」回道：「三個月才有！」昏睡回去。

第二天，管理站值班幹事廣播，請老曾去一趟。老曾便走捷徑，是市場兩個住戶隔牆的縫隙，剛好夠鑽一個瘦子，小孩兒、小狗兒倒是穿行無阻。老曾來到管理站，幹事指一指管理站前的「老先生」銅像，腳跟處，一罐「紹興醉方」。老曾奇怪，這是昨夜才在裝罐的新釀豆腐乳，怎會在此？

看那老先生銅像，並非等身比例，半人高，身著中山裝，左手叉腰，右手拄著拐杖。頭大了些，腿短了些，遠看身影，像個兒童。

幹事有意無意地，聽似風涼話：「東西要收好，老先生半夜散步，會帶宵夜回來。」

心情

安小姐只有一個人，獨自生活。

嫁給軍人，才剛住進眷村，當連長的先生被演習的手榴彈破片劃過了大腿動脈。安小姐認了命，領著撫卹，安靜地生活，卻也沒有了心情。

所謂「沒有」心情，就是無喜、無悲、無期待、無好惡，久而久之，甚至對任何事都無所謂了。十年過去，自己也不是一個多年輕的「小姐」。鄰居添了孩子，她沒有心情，走了老人，她也沒有心情，乃至於她自己家停水、停電、掉了錢、遭了小偷，都是一副無所謂的樣子。長輩關心她，故意用重重的語氣說了她兩句，也並不生氣傷心，還是無所謂。

然而她卻仔細想想，沒有心情，確實不是長久之計。於是取出了那對杯子，那是公公從河南帶出來的一對「月白」茶碗，結婚時，鄭重地交付給小夫妻倆，據說能「交心」：「交換心情」，這是夫妻相處的關鍵奧妙。卻不想新婚就沒了丈夫，杯子從未拿來應驗過。

這對茶碗，得用來喝熱茶。急須裡的茶湯，得剛好平均分注兩碗，喝茶的兩人，各喝一半，然後換杯，再喝掉另一半。這麼一來，便可交換心情……安小姐賺到，因為她原本沒有心情與別人「交換」，其實都是吸來別人既有的心情。有心情的人，只會受到沒有心情的短暫困惑，不會持續。然而，吸取別人的心情，也不能持久，也只是短暫地獲得感受。

於是，生了孩子的姊妹，請來家裡「喝茶」，交換了夾纏煩惱的喜悅。走了父親的阿姨請來家裡「喝茶」，交換了如釋重負的傷感。那對她帶著幾分責備語氣的婆婆，換給她的，居然是寬廣無私的博愛，多難得！一個幾乎一無所有的老人，滿懷對世人無差別的關愛，安小姐有一陣子天天和婆婆「喝茶」。

某早晨，送牛奶的大姊一個手滑，打破了一瓶牛奶，正被安小姐見著，她持了掃帚、畚箕，幫忙掃，邀請大姊進屋來洗手，順便「喝茶」壓壓驚。

這位大姊自小是個養女，從不知親生父母是誰。九歲又被賣做童養媳，十九歲時與十六歲的小丈夫圓了房，懷上了小小子。這短命父子大的去當兵，操死在營區裡，小的四個月小產。苦命的女人頓時失去了一切，很快地，也就失去了各種心情。可以說，她比安小姐還「沒心情」。

才喝完第一杯茶，兩個沒心情的女人，互相交換了沒心情，一片空白。兩人失神互望，彼此眼神越望越空，送牛奶大姊似乎有意再喝一杯，木然的眼神沒注意到茶碗的準確位置，「哐啷！」瞬間打破了一個。

只剩一個茶碗，再也不能「交換」了。

塗鴉

于承宗快速鑽進自家院子，拉開紗門，身子順勢一滑，坐在那張背上有裂縫的藤椅上，眼睛隔著窗戶，瞄著院外大門。

「滋……滋……」電鈴該換了，叮咚聲早已是過去式，只剩下震波聲。于承宗心往下沉，事情終歸是要曝光了。媽媽的喊聲從後屋傳來：「去看看是誰來了？」

還剩一年，于承宗就要小學畢業，偏在這時換來一個新的級任老師，這陳老師黑黑皺皺的臉，看上去比所有人的媽媽都老，偏就因為黑，那不算大的眼睛卻顯得特別亮。于承宗第三堂下課在教室外的牆角吃了一個滷雞腿，被多事的李霞倩看到，告訴老師。這件事情的特別處，在於全班只有七個學生是留校吃便當，其他人中午放學回家，下午一點半再返校，而帶便當的人都說沒有掉雞腿，那于承宗的雞腿哪來的？一定是別班同學的！想想，中午掀開便當盒蓋，卻發現媽媽辛辛苦苦滷的雞腿不見了，該是多傷心啊！

這于承宗卻是死鴨子嘴硬，絲毫不漏半點口風，老師問不出所以然，決定尾隨他回家。

媽媽一頭汗，從後屋走出來：「誰按電鈴？」瞪了于承宗一眼：「你怎麼不管事呢？」大門根本沒關，陳老師就站在門外，細聲細氣地和于媽媽說起話來。

于承宗真的不知道該怎麼解釋？那雞腿是畫出來的。爸爸抽屜裡的塗鴉本，夾著一張照片。于承宗還沒出生，爸爸派去敵後出任務，再也沒回來。從未見過爸爸的他，辨認全靠這張照片。這塗鴉本大部分是空頁，于承宗只要專注用心地畫，就能成真。那日忘了帶手帕，緊急畫了一個。規定黑球鞋配黑襪子，那天穿錯，也是緊急畫了一雙。

老師走了，媽媽進屋來。「媽媽……」于承宗堅定地、慢慢地說：「我向妳保證，我沒有偷，也沒有搶，東西既不是買來的，也不是別人送的，只是很難解釋，妳要相信我。」媽媽頓了一頓，說道：「你沒有爸爸，一定要更加自愛，不可以讓別人瞧不起，說你這樣那樣，都是因為沒有爸爸。我們雖然領的錢很有限，又不是買不起東西，尤其不會餓著你。」

于承宗只知道，那個爸爸遺留下來的舊塗鴉本，灰灰的皮，黑邊框框，只要專心畫，就能把任何東西畫出來。

媽媽噙著淚不說話，去了後屋。于承宗去到爸爸的書桌，攤開塗鴉本，前幾頁是爸爸以前畫的，畫的有衣服、帽子、手槍。他快速翻到最後一頁，那是他自己按著爸爸遺照，再依著媽媽說的事情，一點一點拼湊出來的畫像。他現在想的是：

「媽媽說爸爸後來眉上有道疤，究竟是在左邊還是右邊呢？」

神行草鞋

那是在浙江嘉興，出發往臺灣來的最後一個晚上。一個名叫廉子興的東北學生，鄭重地、雙手端著這雙草鞋，對他的同學師念華說：「這是我娘親手編的，交代我，若遇到萬般緊急時刻，穿上跑，管他槍林彈雨，都能追星趕月，化險為夷。我們一路有驚無險地來到這裡，都沒用上，現在，我要回家，不跟你們去了，草鞋你收著，或者有一天能用上。」

師念華妥慎地收藏著，一直也沒捨得穿，草鞋早成了一件懷念同學的紀念品。不覺二十多年過去，他從軍職退了下來，轉調聘雇人員，妻子早逝，單親拉拔兩個兒子，前後只差一歲，老大師敬賢高中恐怕要第二次落榜，老二師敬達今年也沒考好。拿著補習班解題的答案卷，兩兄弟逐題逐項罵著：「這題怎麼會A呀？我算了兩遍答案都是C！」「有陷阱，被拐了！」

老爸不知是真不以為意，還是失望透頂，悻悻說道：「我看都別念了，早點當兵，兵當回來到工廠報到，你們註定幹粗活兒了。」兩兄弟對望一眼，雖然對於「幹粗活兒」沒什麼具體概念，但從老爸語氣聽來，也絕非什麼輕省事兒。「哎呀註定」老爸每次要話說從頭，都有這樣一個發語詞：「當初，我們是想念書沒得念，打仗啊，活命都不容易。現在好，都可以安安心心念書，卻都不念，看不停的電視，打不完的球。你媽要是還在，都不至於這樣！我要有機會跑回從前，拚死命也要多讀兩年書呀。」

弟弟心頭突然一震！「跑回從前？」「爸，」師敬達說道：「你不是說我們家有一雙草鞋，可以追星趕月？」老爸斜眼瞟了一下，「哼」了一聲，並不答話，推著腳踏車，出門買菸去了。

弟弟知道草鞋在哪兒，掀開樟木箱，就擺在最上面。雖然套著塑膠套，但是經年累月放著，草鞋樣子雖在，但恐怕禁不起穿了。「你要幹嘛？」哥哥問。「你等著，哥。」弟弟寫好小字條，握著手上那一捲總解題道：「回去給我們送答案。」

是呀，同學當年說得很清楚，這鞋可以「追星趕月」，但師先生只當成是一句浪漫話語，這四個字聽在他兒子耳裡，變成了物理上的意義。弟弟搬開茶几，將所有家具推靠邊，挪出空場，綁好鞋帶，就在屋裡倒著繞圈快走，越走越快、越走越快，逐漸成了小跑步，家具模糊了，牆壁模糊了，哥哥也模糊了。

一會兒，定身下來，立刻跑去翻看牆上日曆，確定後，把字條和那份解題塞進了一個抽屜裡。接著，向前順向繞圈，直到看見哥哥。

放榜了，師家門口燃起兩掛大紅鞭炮，鄰居川流不息來道喜，都說師先生苦盡甘來，養出一對好兒子！今年省中第一志願，師家兄弟同分雙狀元！

畫臉

小七是個淘氣的孩子。他喜歡畫畫，能在紙上畫，能在書上畫，能在牆上畫，能在地上畫，給他顏色，能把籬笆變成彩虹，給他樹枝，能把土堆畫成陣圖。

最近迷上了臉譜。不知從哪個報攤兒上找到一本老畫報，介紹軍中劇隊，臉譜畫師介紹了幾款臉譜的圖樣，小七著迷地研究，就快把那幾頁畫報都看穿了。於是，村子的牆上、地上，隨處可見「張飛」、「項羽」，隔日的報紙上畫著「周倉」、「黃蓋」、「焦贊」、「孟良」。

小七好想真正畫在人臉上。他弄來一枝藍色簽字筆，在幼稚園弟弟的臉上勾了一塊「豆腐乾」，十足像「蔣幹」，被老媽用雞毛撢狠抽了一頓。

隔壁二百二十三號的小白，是一隻溫和的好狗，小七叫：「小白！」小白就「嘿嘿嘿」地來了，糊里糊塗地被勾了一臉「十字門」，打了幾個噴嚏，回去了。主人彭媽媽的呼喊聲穿透了牆壁：「天哪！小白！誰畫的！」小七又被抽了。

改變策略，畫別的狗，那些住得遠一點，不熟的狗。但凡長毛的，畫不上，原本就黑臉、花臉的，畫不出意思，一律放過。然而，那越是純色短毛的，白臉黃臉的，斷不能讓牠跑了。

狗臉不同於人臉，有長有方、有尖有圓，各種眼窩、眉子、額頭，在畫的過程中要隨機應變，小七深有心得。要知道，村子裡可說是沒有野狗，就算是無主的流浪犬，願意住進村子，混吃混喝，那個性都是極其溫和的。小七拿包五香乖乖，就都上當了，很快地，滿村狗臉上都有臉譜，被他畫光了。

還是好想真正畫在人臉上。

看見隔壁彭伯伯仰躺在院裡躺椅上午睡，小七忽地開了竅！他從書法練習簿上撕下一頁宣紙，裁剪成蛋形人臉，剪去鼻窩以下的嘴和下巴，只要兩頰、額頭，預先挖去眼洞。羊毫大楷蘸飽了墨汁，端端正正，左右對稱地一張「三塊瓦」，額頭正前，一個渾圓的太極圖，這是蜀漢名將「姜維」的臉譜。小七輕輕巧巧地爬上矮牆，探身到隔壁，隨著彭伯伯的鼾聲韻律，利用他額上的汗珠，把「姜維」準確地黏貼上去。

小七伏在牆頭，欣賞自己的大作，很是得意。小七這次並沒有挨抽，大概是因為狀況太嚴重，以致用宣紙轉印臉譜的小事被忽略了。

不知怎地，彭伯伯那一覺睡得醒不過來，救護車來了。幾天以後，出院回家，說是腦部一度缺氧，自此之後，變得有些傻氣，別人叫他都不應。聽說，不能在別人睡覺的時候畫他臉，否則魂魄離身，飄回來的時候看到自己卻不認識，安不回來，就會出現這種失魂落魄的症狀。

背詩

「話說陶淵明和白居易的菊喲，
蘇東坡對望的麻雀喲喝嘿！
杜甫對飲的老翁在不在喲？
爸爸離去的門口媽媽的望喲！
家喲家喲。」
「怎麼著？不對呀？」老先生望向老太太，說：「第一段是『喲』，第二段才是
『欸』，妳聽嘛。」
「劉備的兒子趙子龍的槍欸！
瑜亮打的賭欸！
黃蓋的火箭欸！曹操的鬍子哎喲喲！
少年牽著姑娘的手過了海欸。

船欸船欸。」

「對吧？」老先生啜口茶，潤潤嗓子。續道：「我自己寫的，自己記得。雖然幾十個年頭了，記得一字不差。」說話的時候眼角瞄著妻子，但盼她說點什麼。但老太太似乎滿足於當下，不願壞了興致，只瞇著眼微笑，似有點頭。

夕陽西下，陽光斜斜翻進院子，把整個紅磚牆鋪得暖烘烘。老人家天天如此，擺列椅子、小几，用高玻璃杯泡茶，端著自己的破本子，搶著天光，背詩。當年也是好好上過學的，趕上了五四，和那些人上過街、開過會、吵過架。時局變動，輾轉來臺，在軍校講課，乃至退休。

鄰居有時從門外過，也駐足傾聽，但沒人出聲打擾。大家好羨慕，這麼深情的老先生，天天還背詩給老伴兒聽。

「那我要背第三段了，是當年寫給妳的，每次唸到這兒妳就臉紅跑掉。今天一定要聽完，好不好？」看老太太不動聲色，似是准了。老人開始：

「陌頭的楊柳城南的桑呀！

小軒也是一扇窗呀。

燒壞的豆腐死鹹的菜呀。

撫著我臉粗臉的手呀！

妻呀妻呀。」

看天黑了，老先生開始收拾，撂下一句：「說好了，不准先走，要等我。」

每天下午都是這樣，老先生一個人，搬兩把椅子，坐在院中，趁著西斜的餘暉，背自己寫的詩。

大蒜

關叔叔蹲著吃麵。

也不用碗，就用煮麵的小鋁鍋，半鍋水，上電爐子燒，水開了，丟三把麵條。一邊煮麵，一邊拍大蒜、小黃瓜。麵煮好，瀝掉湯水，拍好的大蒜、黃瓜丟進鍋裡，淋上烏醋，一勺豬油，拌！

而且非得蹲著吃。據說是因為坐著吃感覺不到飽，會接著吃，等到覺得飽，就過量，站不起來了。當然更不能站著吃，會吃得更多，感覺到飽時連路都走不動，就撐死了。唯有蹲著吃最合宜，一小鍋麵，都吃下去，感覺那麵條都已經飽到嗓子眼兒了！過一會兒再站起來，麵往下一沉，既到位又絕不過量。

從營區延伸出一條單線鐵道，是軍需物資、車輛往來縱貫鐵路火車站的重要設施，平時沒有固定班次，只在有車的時候有車。那天，關叔叔只是路過，恰巧看見三個小學生走鐵軌玩兒，互相推擠打鬧，一個跌了跤，車來了！兩個跳了開來，跌跤那個眼看來不及了！關叔叔上去猛力一抱，把小學生抛離鐵道，自己卻捲進去了。

關叔叔不止吃麵加大蒜，炒青菜加大蒜、炒肉絲加大蒜、燒湯加大蒜，吃餃子，當然必得配整粒的生大蒜。以至於，他說話、他喘氣、他流汗，無時不飄散著蒜味兒。人說：「關叔！少吃點大蒜，味道太重了！」他回說：「那好辦，下次我多帶著蒜粒兒出門，到哪兒一坐定，就掏一個出來踩爛，整屋都是蒜味兒，就不懷疑是我了！」

關叔叔其實娶了老婆，所以配給眷村的房舍。但那女人是受不了太濃的大蒜味兒？還是根本就愛玩兒？三天兩頭地不回家，後來演變成一個多月回一次家，最近，已是半年不見人影。這趟回來，名義上是奔喪，其實是有撫卹可領。看她打扮入時，卻得在客廳靈堂披麻戴孝的勉強模樣，也是可憐哪。

三個小學生在級任老師陪同下，到達靈堂。三個少年，顯然已被老師嚴格感化過了，胳臂上纏著黑布，已哭腫的六隻眼睛，再次決堤！哭得咿咿呀呀。老師沉痛的語氣，再次責備三個學生：「關叔叔犧牲生命，換來你們三個繼續活命的機會，你們必不可辜負關叔叔，要努力用功、珍惜生命、報效國家！」三個哭喊得像是死了親爹，一齊跪下，給救命恩人磕了三個響頭。那女人一抹似笑不笑的眼神，恰被老師瞥見。

里幹事與關叔叔私交不錯，對著廳堂遺照，說了老朋友如何吃麵、如何吃大蒜的往事。說著說著，眾人同時聞到了，只是不能確定，是不是後屋傳來的？

一股濃郁的蒜味兒飄了起來，蓋過了香爐裡的線香味兒。

司馬懿進城了

司馬懿調轉頭來，對城樓上的對頭呼喊道：「諸葛亮啊！孔明！你實城也罷，虛城也罷，老夫不進你的城，不上你的當啊！」又對司馬師說道：「三軍聽令！將後隊改為前隊，大軍倒退四十里！」城頭上的軍師，羽扇綸巾，看見兵退，倒抽一口冷氣，輕呼：「好險哪！」

尹老師是唐山人，家族是影戲演師，自己因耳濡目染，也能搬演。隨軍來臺編入康樂隊，直到退休，一直孤身一人。

客廳牆上一幅立體戲畫，正表現「武侯彈琴退仲達」的劇情，八十公分見方的木框，畫面分成左右，左邊司馬懿騎在馬上，正向畫外退去，身旁跟隨一個執戟的兵卒。右邊一座城樓，牌匾上書「西城」，城門大開，一個老卒正在掃地，樓上諸葛亮端坐，短鬚飄逸，正在撫琴。

這個畫面不是畫的，而是一套皮影戲偶擺弄而成。尹老師家鄉是傳統皮影戲的實地，戲偶多半是用驢皮雕製，兩面上色，透光度也好，偶頭、服裝、小物、兵器都可以任意插換，關節多、靈活度也好，配唱蹦蹦戲、京劇，都很融合。退休後，大部分從家鄉帶出來的戲偶也都銷毀了，他精心整理出這個「空城計」的畫面，框裱起來，做個紀念。

這畫面的布局，一如傳統戲台的方位概念，「出將」、「入相」。從觀眾的視角來說，畫面的左邊是「外來者」，所以司馬懿在左邊。城樓則架設在右邊，完全與真人戲台的表演文化相符合。尹老師很是得意這個擺設，既緬懷家鄉，又彰顯自己的專業。

也就是突如其來的那一天，尹老師彷彿聽見畫框傳出聲音，側耳細聽？琴聲未鳴、兵馬未動，倒似一種撕裂聲？念頭剛過，「哐！」一響！畫框吊索綳斷，跌落地面。尹老師一急，彎腰拉拽畫框，大概就是太急了，彎腰再起動作太劇烈，眼前一黑，倒了下去，視覺消失前的最後畫面，是戲偶凌亂散地，司馬懿、諸葛亮史無前例地擁抱在一起了。

虧得村子裡的鄰居，經常走動，將中風的尹老師快送醫院。幾個月後批准回家靜養，鄰居幫忙，將臥鋪搭在了客廳，方便進出。尹老師看見那跌落的畫框，也在不知道是誰的打理下，掛回了原位……畫面……好像不對？

城牆被放到了畫面左邊，城門也朝向左邊，城上的諸葛亮身體朝向城外，頭卻反轉一百八十度看進城內，司馬懿騎在馬上，也回頭望向諸葛亮。

尹老師躺在床上，眼睛直盯盯地望著畫框，嘴脣抽動著，心裡急，卻說不出話來。「王八蛋啊……司馬懿進城了……」

木馬

小潔的木馬是爸爸親手做的。

木匠那兒有一些邊角材料，是切紅豆杉剩下的。小潔的爸爸是軍區雇員，專門負責辦公室家具的採購、製作，最近受命要為司令部的貴賓室做一套沙發，選木料的時候意外多得到了幾片木料。木匠展示了正在雕刻中的一座擺件：高達二百公分的蟠龍，是鐵工廠董事長訂製的，木匠說：「做龍最費材料，龍的體型，越是彎曲變化越能活靈活現，因此，要挖切掉的木料就多，剩下的往往做不成大物件，只能做些盒子、串珠等小東西。零碎的紅豆杉要是知道自己主要的部分，居然刻成一條龍？會很不甘心喏！」

那木馬對幼稚園大班的女童而言，明顯過大些，但好處是，就算騎到小學三年級，應該都還坐得進去。最興奮的卻不是小潔，而是隔鄰的管家兄弟，大管十歲，剛上四年級，二管八歲，二年級。

由於小潔對這匹過大的木馬興趣缺缺，大管二管兄弟一會兒就過來逛逛，跨坐、試騎，一開始的時候還挺斯文，畢竟自己是客，並非木馬主人。

小潔爸爸造的木馬，最大的特色就是一對月牙雙軌，彎曲度特大，小孩坐上去，輕輕一晃，就能產生漣漪，所以也就不能太用力，最好有大人一旁扶著。小潔不太喜歡的原因，也就是因為晃了容易頭昏。

那是個大陰天，遠遠飄來的濕霉味，預告了即將登場的陣雨。管家兄弟在小潔家院中為了誰先騎木馬有了小爭執，最後，由馬主人小潔指定，弟弟先騎。

二管一邊享受著大幅搖擺的舒爽，一邊咧嘴吐舌頭，這小子雖才八歲，卻先天有著因得意而做出的下流表情。搖啊搖啊！越搖幅度越大，突然間「噠」的一聲，木馬擺盪到頭上尾下的瞬間，停滯住了，而且，前腳脫離了雙軌，人立起來！二管撐不住，溜滑下來，屁股著地，像是肉案上的豬五花被重重甩下的聲響，「啪！」可把他哥哥笑歪了。二管落地的同時，木馬前腿又站回了雙軌，像沒發生一樣。

大管有了「馴馬」的理由，居然摔了親弟弟，哥哥可得報仇，一坐上馬背，立刻展現屠龍者的氣魄，皺著眉頭、抿著嘴唇，勇猛地甩晃！一下！兩下！第三下！同樣的一聲「噠！」這次卻輪到後腿脫離了雙軌，倒掀起來，把個大管向前掀翻出去，全臉著地，「咚！」一聲脆響，剛長齊的兩顆門牙沒了。十歲了，換過的門牙不會再長。

都說是馬頭太重，因此前後搖晃時，重心會前傾。

但小潔知道並不是，因為當天她親眼看見，大管捂著嘴，哭著回家的同時，天下大雨，那脫離了雙軌的木馬，趁著雨勢，「咯噠咯噠」地，自己跑掉了。

御劍

苗老爹喜歡安靜，但眷村從不是真正「安靜」的地方。一路走來島上，一家只剩下懷中的小女兒。女兒長大嫁人了，這兩年，正在規劃自己的退休生活，就想讀讀書、種種花，過一點一生難得的平凡時光。然而，被各種俗務煩吵，兼任鄰長，得過問閒事，哪兩家的太太為了水溝回堵吵架囉、她們的兒子互扔石頭砸破頭囉、誰又往誰的信箱裡塞死耗子囉……吵啊！然而，最吵的，是他自己家的一把短劍。

那把短劍，是大戰時期，日本海軍的佩劍，一尺多長，比西瓜刀還短些、窄些，直身單刃，黑色鑲黃銅的劍鞘、握柄上點綴著櫻花，鞘口一個彈簧釦，歸鞘時能把劍咬住，兩個銅圈掛耳，方便鉤掛腰帶。別錯以為是抗戰勝利的戰利品，苗老爹是天津人，長久以來，天津便是中國北方大港，帝國主義侵略開始，日本商人服膺祖國徵召，穿上軍服，與早年打好關係的中國朋友合作，以不動槍砲的方式入侵華北，建立「大東亞共榮圈」，各地的朋友也以不傷生為原則，暫時服從。是「漢奸」嗎？當然不！以張自忠為代表人物，華北各地，奉中央指令「不抵抗」。

抗戰勝利，被動奉令的日本人並不覺得戰敗的恥辱，也就沒用短劍切腹。感念過程中一切的寬容與原諒，解劍向朋友投降。苗老爹以珍藏一柄帝國侵略者的佩劍，紀念戰爭的無聊於無奈。

然而自從抵達臺灣以來，那短劍十分不安分！掛在壁上，三番兩次無端落下，置放桌上，喀喀嗟嗟地震盪，鎖入箱中，咿咿嗚嗚地啜嗚。

苗老爹猜測，這島上，日本人住得久了，短劍感應到過強的氛圍，以為回到家了。幾番出鞘盤摩，短劍居然不願回鞘，插不實、釦不牢，找到機會就咬人，苗老爹左手食指被劃傷，右腳踝被落下的劍尖戳了一個洞。

苗老爹決定，要在它闖出更大禍事之前處理掉。他將短劍出鞘，劍身上用膠帶纏了一層保麗龍，使得可以浮於水面。趁清晨出外散步，鄰居極少的時段，把劍扔進護城河裡。影劇六村最北端，原是一道清朝護城河，日本人修整成大圳，水流向西，任何浮在水面的物事，都將被帶進臺灣海峽。

苗老爹在溝邊，遲疑半晌，想起自己與日本人的交情，恰可以李白、晁衡相喻。晁衡原名安倍仲麻呂，是遣唐使，已在長安任官、定居，告假回日本省親遇到颱風，失聯一年多，謠傳命喪東海，李白作詩紀念。苗老爹望著短劍，不由自主唸出了「明月不歸沉碧海，白雲愁色滿蒼梧」兩句，將劍毅然拋入溝中。

只留下劍鞘，也算紀念，苗老爹回到家中，打開大木箱，想再看一眼劍鞘。只見短劍好好地歸在鞘中，躺在箱底，而且從此不吵不鬧。

三兄弟

李家三兄弟不見了。

因為已經失蹤超過三個月，育幼院正式結案，請李士官長簽了名，三個兒子同時不見，他卻沒有什麼憂傷的神情，忙著將牛肉割成細條，餵老鷹。

是的，老鷹，三隻老鷹，窄窄小院裡，用鉛管焊成的桿架，三隻老鷹都是淺褐色，士官長餵一隻，另兩個也來叼搶，彷彿這樣才呼應了天性。

李士官長是駐營軍士，早年結婚，生了三個兒子，這對一個長春來的東北大漢而言，是奇特的人生際遇。太太是遷徙路上認識的孤身同鄉，年紀雖大了兩歲，三個孩子的家，正需要這樣的媽。李太太纖瘦輕巧，身量頎長，晶亮眼神配上堅挺的鼻梁，再加上白皙泛光的面容，像是滿洲純白色的老鷹，「海東青」雲端睥睨的神情。確實，她是薩滿師的後人，父母都在長春圍困戰意外喪命了。

於是，士官長放心地顧著營中弟兄，兩三個禮拜輪休，才回家一次。眷舍分配在上坡城牆根兒上。隔鄰楊奶奶，是個熱心腸，總能照應幫忙。

薩滿是鷹的後代，長壽的鷹，可以活七十年，然而四十歲時會遇到生死大關，必須找一個僻靜的峭壁，敲掉舊的喙，拔掉舊的爪，換掉一身的羽翮，重獲新生便能再活三十年。

四十歲上，一個再普通不過的日子，媽媽在兒子上學之後出門，就再也沒有回來。稍早，楊奶奶發現，李太太彎腰駝背，行動遲緩，神彩渙散。一個月、兩個月過去，楊奶奶再也無法天天照顧三個各上小學二、三、五年級的癲狂兒童，士官長只好暫送育幼院。媽媽失蹤一年，李家三兄弟就成為正式院童。

每逢星期六中午放學，育幼院單親院童可以回到眷村家中，享受兩日天倫。三兄弟回家，爸爸卻不一定輪到休假，三個土匪爬樹、跳牆、揭瓦，儘往高處去，看得楊奶奶心驚肉跳！經常要用肉包子把三個騙下來，看著他們洗手、洗臉、洗澡，顧著他們吃飯……眷村的好處，只要鄰居的門敞著，必然有飯吃，沒聽說過村子餓死孩子的。

爸爸不回家的夜裡，李家房中傳出叫囂之聲，有時在屋頂，像是猛禽尖銳的呼號，在暗夜裡呼喚遠方，呼喚同類、呼喚親人。

楊奶奶星期六中午沒看見三個回來，就覺得反常了。下個禮拜沒回來、再下個禮拜還是沒回來……這李士官長卻不知道從哪裡架回三隻老鷹，兒子不見了，他卻有心情架鷹？老太太覺得這小子走了老婆、丟了孩子，大概是心神錯亂了！

平時，或者在院子裡看到一隻，或者都自由放飛。但三隻老鷹，總在爸爸輪休回家時到齊，架在鉛管架上，享受餵食。

收音

徐媽媽冰果店就在村子口，匡媽媽饅頭店同排隔幾家。店裡最常見的客人，是成群的學生、剛放假或快收假的阿兵哥。這天來了幾個不常見的村外人。

一男三女，看上去像是某種業務推銷員，男的個子中等，窄臉大鼻子，一個女的像個肉蛋，笑聲很爽朗，一個女的乾瘦像竹竿，聲音粗啞。還有一個女的，身材高䠷勻稱，杏眼櫻脣，長髮柔順。簡單說，大美女。

各自點了冰點，那男的針對美女說道：「李如！點什麼紅茶啦，四果冰，我請客！」那肉蛋女朗聲說：「人家喝什麼要你管呀！」美女沒說話。

肉蛋女開開話題：「我看算了吧，那老頭根本不管我們在說什麼，只顧說他的故事，我改行做出版再去請他寫書差不多。」男的說：「李如！我看妳可以改行做出版，我出錢創業，聘妳當總編輯！」肉蛋女又攔截：「誰要改行啦！」美女沒說話。竹竿女說了：「他說的故事倒是好聽，喊『孫悟空』！孫悟空一答應，就被吸進葫蘆裡。換個名字叫『悟空孫』，只要答應，照樣吸進葫蘆裡。」肉蛋女接話道：「被我拿到那個葫蘆，我就去找谷名倫，大喊他的名字，把他吸進來！」三女亂笑一陣。

男人說：「李如！李如！」美女理都不理他。男人不識趣，續說：「咦？妳怎麼不回答？這樣我要怎樣吸進來？」肉蛋女已經不客氣了：「你再這樣，下次我們不讓你跟了。」美女沒說話。竹竿女說：「今天也算有收穫，至少我們知道《西遊記》不無聊。」肉蛋女說：「拜託，老掉牙了，誰還讀《西遊記》呀？國文系教授讀就可以了。」男人不放棄，說：「李如！妳如果想要《西遊記》，精裝版的，我送妳！」美女沒說話。

徐媽媽看出來了，三個女的是一組，這男的找著理由想親近美女，卻又不得青睞，更甩不開兩個哼哈二將。不過進而一想，這男人咎由自取，空有色心、色膽，然而一個人無腦，言語乏味，實在是可悲的事情。

「李如！妳說吧，到底想要什麼？什麼我都買給妳！」男人色膽包天了，居然無視左右護法，單刀直入。「我出來做事，也是我爸爸要求我歷練，我是獨子，將來公司由我繼承，妳就是老闆娘。李如！妳懂我意思嗎？」

肉蛋和竹竿二女，被男人的放肆一時驚呆了。這時，就看美女「李如」慢條斯理地從肩包裡取出一個圓形的、看似零錢包的小皮囊，拉開拉鍊對著男人，倩容巧笑地說：「陳永慶。」男人欣喜不已，回說：「喂！什麼事？李如。」

美女「李如」拉上皮囊拉鍊，接下來直到他們離開，徐媽媽沒聽到那無聊男人再吭過一聲。「老天！終於把嘴閉上了。」徐媽媽心想。

收驚

這件事情發生在我自己身上。

我的父母來到臺灣時，都是少年，我是在眷村出生的所謂「第二代」，但若嚴格來說，我媽的奶奶當年也來了，從她算，我是「第四代」。河北人稱呼外婆「姥姥」，外公則是「姥爺」，姥爺的媽，我媽的奶奶，是「太姥姥」，本省人叫「阿祖」。大時代的大遷移，我出生時居然四代同堂，是難得的福分，也就只有我這「大表哥」見過太姥姥，我媽是大排行的大姊，我是長外孫，其他的阿姨舅舅結婚生小孩都晚，我三歲時，太姥姥走了。

我對她的記憶，卻是「觸覺」。一個迷迷濛濛的下午，兩個舅舅在屋裡屋外打鬧，一個屬龍，一個屬羊，都是典型的「臺生」。即將兩歲的我，坐在學步車裡，太姥姥把熱白飯盛在大碗裡，拌上肉鬆，用手捏成一個個的小飯球兒。兩個舅舅追打，經過奶奶，一人叼一個飯球兒，一會兒又經過，再叼一個飯球兒，就這麼來來回回。老太太餵孫子，順便也塞一個給曾孫子。

那熱熱、油油、皺皺的手指尖，觸感的記憶，留在我的唇上。

太姥姥曾經踏實地享受晚年的天倫之樂，六個男女孫子之後，又有小曾孫，她穿著傳統藍布大襟的上衣，紮腿的褲子，打著大黑傘，推著娃娃車裡的我，從村子裡逛到村子外，專找野台歌仔戲看。想我了，會自己逛到影劇六村來，和孫女兒說說話，老天爺待我祖孫真優厚，賜我聰慧，九個月就開口說話，會叫她「太姥姥」。

很多年之後，我已經是小學生了，不知是吃壞了？還是著風邪？大夏天上吐下瀉不止，已經看過醫生，卻還裹棉被打抖。有個鄰居媽媽說：「是撞到了。」她教我媽一套本省人的法子，一小碗水，三枝筷子，將筷子立在水碗裡，呼喚亡者，叫對了，筷子不用手扶，便能立在碗中。

「是不是某某某？」「是你嗎？某某某？」媽媽連續叫了好幾個我不認識的人名，大約都不在了。沒用，媽媽突然說：「太姥姥走了好多年了，不會再來了吧？」但還是姑且一試，叫道：「奶奶？奶奶？」兩聲，筷子直挺挺地立住了。

把碗水倒在大門外，碗口朝下扣壓住三枝平放的筷子，媽媽口裡還說：「奶奶，對不起，對不起。」後來我還去城隍廟附近，請另一個本省老太太收驚。

距離老家太遠，太姥姥自己找不回去，親人又全在臺灣，依戀不捨，以至於還在陰陽之間徘徊了好多年。後來姥爺姥姥也走了，他們都歸納在同一座靈骨塔，都安安穩穩了。

相必當年的實情，是太姥姥想念曾孫，又來餵我吃肉鬆飯球兒了。

取代

子弟學校的後門出來，是影劇六村最後的十二個門牌號碼。所謂「子弟學校」，從小學一年級到初中三年級，專為眷村子弟設置的學校，後來實施九年國民義務教育，取消了小學，增設高中，成為一所私立完全中學。

戴家奶奶就住在子弟學校後門出來的三百六十二號，家裡人口簡單，兒媳婦，帶著小孫子。兒子派駐外島，很少回來。

以前每逢春節，戴家大團圓。戴奶奶的表弟，一家四口人。小叔的兒子，也姓戴。他們都以戴奶奶這兒為「主屋」，逢年節得來走動走動。也非得過年，才知道戴奶奶還有個二兒子，住在臺北，有個孫女兒，每逢過年才見奶奶一面，因為是孫輩裡唯一的女孩兒，很受親戚們疼愛。

「萱萱來，吃個娃娃酥。」「萱萱來，吃餃子。」「萱萱，給奶奶磕頭。」這個叫萱萱的女娃兒，簡直是過年期間的小花童。子弟學校裡有個大花圃，萱萱被親戚們拉去那兒照了好多照片。

老二給女兒取名萱萱，有個紀念的意思，戴奶奶早年在老家，頭一胎生的是個女兒，就叫萱萱，不滿三歲，獨自溜出門去，在自家附近的池塘邊滑倒，在水裡泡了三天才被發現。後來又有了戴家兄弟兩個，他們從來也沒見過大姊。

於是，老二有了女兒，取個大姊的名兒，告慰老母。卻不想，後來離婚了，女兒跟了媽媽，改了母姓，長大叫了別的名字，但還是跟爸爸回村子裡過年。

哥哥進了官校，結婚晚，以至於一兒一女都比弟弟的女兒小。大萱萱改名不叫萱萱的那年，小萱萱已經兩歲了。

「萱萱來，吃個娃娃酥。」「萱萱來，吃餃子。」「萱萱，給奶奶磕頭。」同樣的言語、同樣的呼喚、同樣的熱切、同樣的親情，卻是對著另一個小娃兒，少女心中頗為異樣，這種感覺，是稱之為「被取代」嗎？

「走走走，去子弟學校照相。」眾星拱月的一般，舅爺的兩個女兒、堂哥的新婚老婆、「舊的」萱萱，牽著小萱萱去花圃照相。

就是一眨眼的工夫，幾個大人正說著話，就誰也沒看見萱萱了！「自己回家了吧？」「才兩歲，會自己回家？」堂哥的老婆回去叫人，全家出動，把整個子弟學校找了個翻天覆地，天快黑了，子弟學校的工友才從花圃泥塘裡把孩子拉了出來，為了要栽植幾棵新樹苗，預挖了坑洞，雨水和稀泥，兩歲孩子一下去就滅了頂，吭也沒吭一聲。

「大姑姑也叫萱萱，是姑姑喜歡，拉走了吧……」

少女的心事，卻不曾對旁人說起，想想，還好早就不叫萱萱了。

多了一個人

「敵後任務，」少年強調語氣：「當然不能讓我們知道，最後就犧牲了。」三個初中生翻看著家族相簿，兩個同學對宋元良所說的情節震撼不已。

「我爸是東北人，偽滿洲國期間就潛伏做地下工作。日本投降以後就直接跟在戴笠身邊。」宋元良翻到相簿的最底頁，取出一張從雜誌封面剪下的照片：「看到沒有？老蔣旁邊的就是戴笠。」

光頭同學指著相片問道：「你爸哩？」宋元良隨口一句：「我爸那天出別的任務。」「你不是說你爸都跟在戴笠身邊？」「又不是二十四小時都黏著。」「我懂了，你爸跟戴笠，但是戴笠跟老蔣，所以你爸吃醋，就不跟了。」「屁啦！」

「你講的跟課本上教的好像不太一樣欸？」戴近視眼鏡的同學怯生生地說。宋元良喝斥道：「課本上寫的算個屁呀！真正的情節要是都寫在課本上，到大學也念不完哩！」

宋元良從來不記得自己的父親，家族相簿裡連一張父親的照片都沒有，家人對父親何許人三緘其口，也就平添了想像空間，這少年，自己塑造父親。

戴眼鏡的同學問：「據說戴笠的飛機是被打下來的，該不會你爸也在飛機上？」「絕對沒有。」宋元良斬釘截鐵地說：「戴笠飛機失事的真相就是我爸查出來的，他又怎麼會在飛機上。」光頭同學問：「你又怎麼會知道？」宋元良頓了一頓：「這，就不能告訴你了。」「媽的，臭蓋啦！」「蓋你我全家死光光！」

宋家牆上的照片太多了，偶有鄰居、朋友登門，總會指著其中一兩張問問，宋家人也就養成了看圖說故事的本領。這些照片也就是些家人、朋友，並不牽涉什麼歷史人物，曾有人以為他們姓「宋」有來頭？想太多了！

「你爸認不認識老蔣？」「認識吧。」「有沒有帶老蔣來過你家？」「可能有吧。」「老蔣來你家幹嘛？」「看相簿吧。」兩個同學虛擬問答，亂笑一通。

「古人欸！」光頭同學突然呼喝道。宋元良看也沒看，就知道他在說哪張照片：「我爺爺奶奶，清朝出生的。」「站在後面那個穿中山裝的是你爸了？」

宋元良聽著不太對：「什麼站在後面的？」接過相簿，舌頭第一次僵住了。

那是當年剛遷入眷村的時候，院外圍著竹籬笆，老夫妻身著正式服裝：長袍、旗袍、布鞋，從老太太的腳形，推斷得出是前清遺老。兩位長輩坐在籬笆外的大椅子上，人的衣著與房子，述說著歷史的延續與斷裂。這張照片始終在相簿裡，宋元良看過無數次，雖然從未見過面，據說，就是自己的爺爺奶奶。

但是，在他們身後站著的灰衣男人是誰？中山裝、梳著旁分頭，面容卻因相機失焦而模糊。這張照片裡原本沒有這個人呀？

遺囑

電台記者小姐從手提袋裡慎重取出一個扁扁的紙盒，側邊掀開，裡面是一捲盤帶。記者小姐說道：「老太爺三個月以前，在臧律師以及趙醫師的陪同下，來我們電台，親口宣讀遺囑，並錄下原音。」臧律師很年輕，個性顯然有點衝，搶話道：「遺囑的內容，經本人在現場參看當事人手寫原稿，相符無誤。請播放吧。」

孟家只有一個女兒，看似未屆四十，遺傳了一點父親的個性：「Hurry up! OK? 我可沒有一整天的美國時間哪！」

孟家老太爺一個月前過世。稱他「老太爺」其實有點太過，孟老先生七十出頭，但那寬闊略帶霸氣的個性，令人敬畏油然而生，尚且急公好義，不吝惜資財，颱風救災、接濟貧戶、設置清寒獎學金他都有份。「老太爺」稱謂，是眾人抬舉。

影劇六村最公開的場合，就是管理站辦公室，老太爺生前遺願，是向全村廣播遺囑。幹事會議覺得並無不可，但麻煩的是，盤帶播放有專門的器材，得從電台搬來，機務員得要牽電線、測電壓、連接擴大機、擴音喇叭，夠複雜的。孟女士又催道：「請開始了好嗎？Go! Right now!」

大家在今天以前都不認識老太爺的女兒，聽她講話習慣，是常住國外的？「生老病死，都是平常事，You know?」孟女士身邊跟著一個穿西裝的男人，一語不發，彷彿他的存在只為了讓孟女士的說話，看似有個對象：「兩個月以前我去看他，老頭子靠在沙發上，要死不活的。我說『都給你安排好了，為什麼不來？』他說『Leave me alone! 我死也死在這裡，go away!』」

終於，擴音喇叭出聲了，老太爺的話語，緩慢、堅定地播送著，而且，他的國語音準字正，頗有一種正式文告的氣勢。雖是遺囑，更像是一篇「與鄰居告別書」，從輾轉來臺的顛沛，說到落地生根的踏實，再到下一代出生的振奮。的確，扯得有點遠。

臧律師皺著眉頭，來回反覆翻閱著「原稿」，不耐煩，卻也得尊奉委託人的完整遺願。倒是趙醫師，一貫的慈眉善目，沉穩聽著。終於，說到財產分配，大致是「多少捐到哪個基金會」、「成立專屬獎學金」之類，所餘金額，並未說明數目，是「留給法定繼承人」。過程中，那些與老太爺相熟的朋友、接受過賙濟的鄰居、領過獎學金的學生，在村子每個角落聽著擴音廣播，都哭了。

「What's the point? 老頭子講話沒有重點。」孟女士又對西裝男說。

是老太爺先見之明，預先錄好的？還是從遠處傳來的即時意見？廣播放送中，大家都清楚聽到了：「不要再胡說了！妳不住在國外，我也聽不懂英文。想要我的錢，做個堂堂正正的人！」

跳房子

小馨一一在格子裡填好阿拉伯數字，從1到8，在頂端的三角形裡寫上「天堂」，「堂」怎麼寫？一時不太確定，於是就用注音符號，寫下ㄊㄤˊ。

爸爸沒回家，那兩個凶凶的大人又來了，在屋子裡說話好大聲，小馨約略聽到「明天？每一次都是明天！明天來了又沒有！」「當我們是傻瓜？來來回回白跑！」媽媽說話的聲音很小，幾乎聽不見。

上次這兩個人來過之後，小馨把情況告訴了幼稚園的姜老師。姜老師教小馨「跳房子」：1、2、3，三個單獨的格子，4和5，是左右並列的格子，6，又是單獨的格子，7和8，也是並列的格子，最頂端畫成三角形，寫上「天堂」。而且給了小馨一枝藍色的粉筆，不是普通的藍色，是很淺很淺的粉藍色。

小馨按照姜老師教的，在院子地上畫好了房子，藍粉筆握在左手，從花盆裡拿了一塊扁扁的石頭，很準地，丟進「1」的格子裡，開始跳。

又聽到兩個大人說：「沒回來？前兩天明明有人看見他在市場吃麵！」小馨想：「我很久沒有看見爸爸了，怎麼他回來吃麵都不帶我？」差一點在「6」的格子兩腳著地！錯了就要重來，小馨專心，第一次進天堂，反向跳了回來，在「2」的格子裡單腳彎腰，撿起「1」裡的石頭。

輕輕一丟，石頭在「1」彈了一下，滑進「2」。屋裡突然傳出媽媽的聲音：「放手！你幹什麼！」小馨抬頭看，卻看不見屋內的情況。她想起姜老師說的：「保護自己，就是幫忙媽媽。」於是她專心，跳第二遍。第二次進天堂，反向跳回來，在「3」的格子裡單腳彎腰，撿起「2」裡的石頭。小馨想：「還有一次，第三次進天堂就完成了。」

「3」的格子太遠了，小馨已經丟了三次，都丟不進，不能跳。凶巴巴的大人說得很慢，一字一字地，似乎故意要讓院裡的小馨也聽見：「乾脆我們把妳女兒帶走，賣掉！抵債！」小馨不懂「抵債」的意思，但是絕對不想被「賣掉」，有時候不乖，媽媽會嚇她，說要「賣掉」，意思就是會到很遠很遠的地方，再也看不到媽媽。

越想越害怕，丟石頭的右手又抖又軟，石頭簡直就是飄出去的，「啪」！卻準準地落在「3」。1！2！4 5雙腳！6！7 8雙腳！天堂！想起姜老師說的：「第三次進天堂，趕快蹲下。」

兩個大人從屋裡衝了出來，卻迷茫了：「人哩？不是在院裡玩嗎？」「大門從裡面插上，怎麼出去的？」「爬牆！媽的！眷村女娃娃都會爬牆！追！」

小馨只是穩穩地蹲在「天堂」，握著藍粉筆，一動也不動。

空屋

大家對二百二十二號的空屋已經習以為常了，它一直是空著的。

據說，三十八年剛來的時候，是有人住的，一個年輕的媽媽，帶著小嬰兒，但是，丈夫左等也不來、右等還不到，最後傳來一個無法證實的消息，說是「投共」，於是一道公文下來，命令少婦「擇期自動搬遷」。並沒有人來催逼母子搬家，但就在誰也沒在意的狀況下，好幾天沒看見人。鄰長會同里幹事，以及幾個鄰居見證，破門而入，發現母子已氣絕多日，小嬰兒嘴還叼在乾癟的奶頭上。

接著，搬進了一大家子人，夫妻帶著六個孩子，把個小屋都塞爆了。最大的上初中，最小的剛會跑，原本追進追出的活潑兒童，不到一個月全都變得落落寡歡，原來，一家人從搬進來就都沒睡好過。熄燈後，牆裡、地板、天花板、還是梁柱裡？迴盪著細微的嬰兒哭聲、女人的啜泣聲，聲音像是從遠處傳來，卻又不大不小，剛好足夠鬧得人睡不著覺。

一家人搬走，來了一個百歲的老太太，住進來第三天就仙遊了。自此，眷管處不再安排任何人住進二百二十二號，即使絕不以鬼神之說為理由的軍方，都選擇了「寧可信其有」。這一戶，左右都有人住，隔鄰只有矮牆，頂上同一橫梁，屋瓦順次相接，院裡桂花飄香，卻是相安無事，彷彿陰陽涇渭分明、互不侵擾。

二十年後，五個好事的初中生惹了紕漏，哪來的多餘精力無處發洩，相約夜宿「鬼屋」，就選定了這裡。多年來，鄰長與熱心鄰居輪流每隔一陣子進來除除草、掃掃地，所以這兒也就是一處無人無物的空宅，小院卻也花木扶疏，晚上無人點燈，白天卻也全無鬼氣。稱為鬼屋，太過分了。

少年是沒有理由可說的，他們趁著白天，大部分人都上班未歸，先行潛入，帶著飲水、饅頭、燒餅，準備夜裡不睡，接力說鬼故事，誰嚇跑誰輸！他們一進去就發現怪事，後屋居然有一段向上的小木梯，可以爬上閣樓，這真是不可思議！眷村房舍全是瓦頂平房，禁建規約也很清楚，不可向上蓋樓，這屋子卻撐出了閣樓？他們覺得也好，如此藏得就更隱祕了。

夜幕低垂，他們發覺左右鄰居都回來了，天花板的震動，把鄰家的菜香、小孩兒成績單上的分數、麻將聽牌的花色、夫妻齟齬的細節，都「無私」地傳到閣樓上。五個少年，捂著嘴、忍著笑，聽足了別人家的故事，卻忘了自己的賭賽，一一昏睡過去。

醒來時驚覺小木梯不見了！更推不開門！大聲呼救！不久有人來開門，是從外面用鐵鏈鎖上的。而且，他們並不是在二百二十二號的屋內，而是在「黑森林」覆蓋下的大防空洞裡，全村子人已經找了他們三天了。

望

高家三兄弟的名字都文質彬彬：高晨望、高暮望、高夢望。

家住萬里長城牆外，老爸把願望直白地訴說在兒子們的名字上，對重見家鄉的盼望，對兒子前途的盼望，早也盼望、晚也盼望，夢裡都盼望。但是，三兄弟欠缺學習智能，逐一被小學拒收，只能在村裡閒散漫步，老爸也只好絕望。老天爺開了他家玩笑，三兄弟只會高興，只會笑，徹底不明白老爸在「望」什麼。

三兄弟會表演數數，老么夢望最靈，可以連續數到「四」，老二則是順著弟弟，接著數「五、六、七」，大哥往往笑著不說話，老么又會補上「八」。三兄弟加起來，連「十」都數不到。

有一說，是因為他們的媽媽，在懷著他們的時候看野台戲，胎兒一部分的靈被精彩的戲中腳色拐跑，因而出生以後，缺了一塊。但也怪，又不是三胞胎，是隔年一個出生的，難不成這麼巧，媽媽懷他們的時候，都剛好看了野台戲？

尤其，眷村裡搬演野台戲，十年難得一回！這次，是因為雜貨店賀老闆，炫耀半百得子，寵愛二十出頭、講閩南話的嫩妻，特意請來戲班子，在自治會旁經常放電影的空地，演「八仙過海」。一時間，村裡所有講閩南話的媽媽們都到齊了！聽不懂閩南話的媽媽們也來湊熱鬧了！高媽媽是民國三十八年從廈門來的，卻也講的是閩南話，鄰居們甚至不知道她不是本省人，那天塗了口紅，穿了有跟的涼鞋，隆重地來看戲。高家三「望」也都跟來了。

賀老闆搬來兩座帶扶手的綠皮沙發，擺在最適當位置，象徵「主位」。鄰居們有板凳的入座，沒板凳的往後站站，身手好的上牆頭、樹頭。等候賀老闆牽著老婆入場，接受鄰居們的鼓掌、喝彩，揮手還禮後，戲開演！

八仙逐一登場，穿官服的曹國舅，道士服的呂洞賓，張果老、鍾離權、韓湘子、何仙姑，蹦蹦跳跳的藍采和，登仙後也褪去一身窮酸、金光閃耀的李鐵拐。

老么夢望數著台上的神仙：「一、二、三、四……」二哥接數：「五、六、七……」

大哥笑著不說話。老么大聲完結，數道：「八！」老二老么一齊鼓掌，慶賀自己的程度。大哥晨望忽地說話，是開天闢地以來，所數的第一個數字：「九！」

外人不懂他們的溝通方式。老么從頭來：「一二三四。」老二：「五六七。」老三的口氣略重些，似在提醒大哥確認：「八！」大哥笑指著台上：「九！」老么仔細看著，再次重複：「八！」

大哥這次不笑了，免得讓別人誤會他在開玩笑，他指著韓湘子與藍采和之間的縫隙，堅定地說：「九！妹妹，九！」

賀老闆牽握著老婆的手，輕撫著即將臨盆的大腹，幸福溫柔地笑著。

照進去

葛先生愛種植。不知是先天的緣分？還是刻意挑選？總之他真不辜負「葛」這個姓，種的淨是藤蔓植物。葛太太則是愛漂亮，也不辜負葛先生愛植物，她總是把自己打扮得像朵花兒。

哪有這麼寬闊的庭院？光一個葡萄架，就把葛家的院子給盤踞了，結出來的紫葡萄真是漂亮，但或酸澀、或無味，難以入口。吸附巴掌葉下的青綠色無尾鳳蝶幼蟲，都快比藤蔓粗了。

陽光被葡萄藤篩減了，少日晒的葛太太，皮膚潔嫩，配以翠綠濃蔭，窗前攬鏡時，更顯嬌媚。是的，她總是在照鏡子。

以至於總是跑進跑出的葛先生，偶爾需要太太幫把手時，還需勸她放下鏡子。「我的大姑娘！再照，都快照進去啦！」葛先生總這麼說，還是總叫不動她。

幸好葛家所在的位置巧妙，二百五十四號，背後是著名的「黑森林」，出門右轉則是護城河旁的畸零地，葛先生挨著自己圍牆多圍了一圈籬笆，沒人說話。

他搭了一個瓜棚，一角爬上了絲瓜，對角則是瓠子。棚下又插著幾枝矮架，長著胡椒。不幸的是，絲瓜的黃花開得漂亮，結出來的粗度卻不如小黃瓜。原以為可以用自己種的瓠子包餃子，卻不想結出來的葫蘆只能對切成水瓢。

葛太太最喜歡的兩面鏡子，其實都是市場地攤買的，平凡無奇的兩面方形鏡子，塑膠邊框，鐵絲支架，要說有什麼分辨？一面背後的明星照片是李麗華，一面則是白嘉莉。李麗華深邃嫵媚，白嘉莉開朗歡顏，葛太太照著「李鏡」，參照白嘉莉的露齒笑容，照著「白鏡」，則是模仿李麗華的沉靜眼神。

葛先生的胡椒倒是成功了！果實青綠時採下一部分，晒乾脫皮，打成黑胡椒粉。全熟成紅果實，再採收剩下的部分，脫皮，打成白胡椒粉。

葛太太將兩面鏡子放在桌面對立，自己嬌嫩的臉龐側臥，望向李鏡，白鏡將後鬢反照進來，側臉試探白鏡，李鏡又以另一邊的香腮呼應，就在「李白」二鏡的鏡淵裡，葛太太徹底出神，照入鏡中。無限的臉頰、鬢角，無限的自己！

葛先生捧著兩碟胡椒，歡快地從外頭跑進來，心想著：今後不論燒湯、炒肉，我們都有自己家種的胡椒了！然而老婆呢？前後找了一遍，兩面鏡子都在桌上，她怎能去往任何地方，不帶這兩面鏡子呢？他順手放下兩碟胡椒，手一歪，飄灑到兩面鏡子上，只聽鏡中「哈啾」一聲，兩鏡迎面倒下，「哐！」同時對角裂開。

「這下好了！」葛先生打趣道：「鏡子裂掉，李麗華和白嘉莉都離家出走，往後該接鳳飛飛和崔苔菁回家了。」

聽聽沒人答話，葛先生續道：「還不出聲？我要拿著自己的胡椒，約胡茵夢去喝酸辣湯囉！」

老秀才

「幹！很痛欸！」被落下的樹枝擊中，穿短褲的年輕人抱怨。「是有多痛？」爬在樹上，嚼著檳榔的年輕人回嗆：「自己不會閃哪？」

院中的桂圓樹結了蟻窠，兩個打零工的村外漢，帶著一把摺疊短鋸，來整理。付錢的人表示，二百八十六號這家年輕人經常不在，家裡有老人家，請他們做事的時候要留心。兩人卻在院中嬉笑、抽菸、吐檳榔。

「請不要抽菸。」一個低沉緩慢的聲音說道。兩人噤聲，在院中找了一圈，終於發現紗門裡的人影。「幹！」嚼檳榔的脫口就是閩南語：「給恁爸剉死！」穿短褲的也說：「狗未吠，會咬人。」

屋裡沒開燈，比起院中暗得多，隔著紗門看這老人，灰色長衫，外罩黑馬褂，頭戴瓜皮帽，壽眉長鬚，穿戴比個說相聲的還要講究。

「你們怎麼可以這樣對我講話？」老人家聲音雖不大，說起官話略有口音，一字一句，卻有鏗鏘的威儀：「受人之託，忠人之事。樹整理好了，怎麼不把地掃一掃？」嚼檳榔的說：「地也要我掃，你自己不會掃？」老人回答：「胡說！再怎麼講，我也是秀才，功名在身，怎能掃地？對長輩，也該有一定的尊重。」嚼檳榔的噗哧一聲笑了：「秀才？古人噢！怎麼不去古代呀？」穿短褲的說：「留在老家就好，幹嘛來臺灣嚇人啦。」

老秀才似乎生氣了：「你……你……究竟是什麼人？」這時，嚼檳榔的端出一句定江山的閩南語：「安怎啦！臺灣人啦！死老猴！」穿短褲的幫腔，也是一句閩南語：「外省老芋仔真麻煩呢！」

老秀才頓了一頓，一時間，還讓兩個小的以為老頭子語塞，沒詞了。萬沒想到，老人家居然低沉、緩緩地，捨棄官話，也是一句閩南語：「老芋仔，也有福建來的呀。」

這讓兩個卒仔有點意外，他們只當這老頭讀過書，學過方言，卻轉不過腦袋理解：「外省人」也有福建這一省來的。兩人悻悻然不再說話，只覺得眷村裡的人假惺惺，臭規矩多，下次還是少來為妙。拿著掃把在院裡糊塗揮舞一番，搬著切落的樹枝，掩上門，走了。

老秀才也覺得，要求這樣的小賊文質彬彬？太苛求了。想想，自己的曾孫、重孫，也是因為盡孝道，慎終追遠，才把香火渡過了海峽，有這樣的子孫供奉，還奢求什麼呢？

他隔著紗門，搖搖頭，怨自己「井蛙不可語於海，夏蟲不可語於冰」。掩上木門，轉頭踩上板凳，登上神壇，回畫像裡去了。

下雨

一下雨，劉婆婆家就漏水。不免就要罵上兩句：「都是那欠揍的皮孩子！」眷村孩子結伴成長，不同家庭、不同個性交互影響，大多都呈現活潑、熱情、膽子大。但霍家那孩子膽子也太大了！上房頂！

眷舍的結構，長條屋頂，十家、八家共用。各家謹以隔牆象徵，房梁、房頂卻是同一個，休戚與共。

霍家少年自稱「霍元甲」，大家也都這麼叫他，漸漸地，本名叫什麼，反倒模糊了。這一天，或許是豔陽普照，照得他興致勃勃，爬了矮牆上門樓，門樓上，又看到更高的屋頂。他心想：「頂上的瓦片，都是軍方整批採購的，而且，憑著我已經初有境界的提氣功夫，踩在兩片瓦的交縫處，就不容易踩破。」

沿著牆頭爬回來，最接近屋簷處，恰巧是隔臨劉婆婆院中一株九重葛。九重葛雖枝岔有刺，但主幹厚實，而且歪歪斜斜，恰好著腳，一踩就上了房。

照著計畫，霍元甲每一步都輕巧踩在兩瓦縫間，只七步，便登上屋脊，脊梁瓦更穩固牢靠，踩著更放心。劉婆婆是頭一家，屋脊盡頭，便是「鬼頭」。「鬼頭」是屋脊終端的裝飾，也有避煞用途。頑童索性跨坐屋脊，扶著鬼頭，這時，一陣帶有潮味的涼風襲來，太陽忽地收了臉面。霍元甲站起身來，橫展雙臂，享受「馮虛御風」的快意。

下雨了，雨滴散在瓦面上，冰涼的水滴激得熱瓦片直噴煙，練輕功的少年更得意了！可比騰雲駕霧呀！腳步不覺更加輕快。一片快雲襲來，雨瞬間暴大，霍元甲頗覺不妙，還是快下去吧……一個分神！「啪叉！」把脊梁瓦踩斷了一塊，心一慌，腳一急，原有的那一點提氣功夫也散了。「啪叉！啪叉！啪叉！」往下走的過程，連踩破三片瓦，其中一片還翻了個身。霍元甲隱約覺得，「鬼頭」有轉過來瞪著他。

九重葛到了，霍元甲轉身，探腳……雨水把樹身打得濕滑，不著腳，他兩手臂急忙前探，扒著瓦片，就看右手的這片被抽離定位，抽開……抽開……他心想：「完了，整排瓦就要被我抽掉，不被揍死才怪。」

怪哉！一股反向的力道將瓦片往回拉，伏在瓦上，渾身濕透的少年，恰巧看見瓦片合吻瞬間，從裡層射出的一道目光，像是黃色燈籠，中央一團紅火，如果那是其中一隻眼睛，臉該有多大？

劉婆婆看見他上的房頂，所以，屋裡一漏，就知道該找誰算帳。霍元甲挨了揍，也道了歉，也真心誠意地說「下次再也不敢了」。

但他一直沒敢提眼睛的事。

五度眼鏡

云瑚剛出生的時候，簡直像個洋娃娃。這讓她的父親非常不高興，因為鄰居的耳語，很快就傳到他的臉前：「跟美國大兵玩兒出來的。」就算父親明知道不是，還是因為受不了壓力，一去不回。

她的媽媽就是個輪廓深邃的美女，唯一的問題，就是云瑚白得太過，白得太不「東方」，孩提時期，陽光拂過短髮，總閃耀幾許「西方」風情，「洋孩兒」成了人們口中的確認身分。

她十六歲，承受了接近一生的閒言絮語，上中學之後，學生們在生物課本上學到「白化症」一詞，那堂下課後，云瑚的「洋」血統被洗刷，原來，只不過是個症狀不完全的「白子」呀！她選擇沉默，只在家中幫著踩縫紉機，修補營區送出來的軍用衣褲，也幫學生們繡學號。不太吃重的工作，卻困擾了她的眼神，總認不見針孔，繡線上不了針車。

她照著鏡子，這麼近的面容，在鏡中居然也是模糊的：白皙皮膚，散綴著幾點雀斑，紫銅髮色，琥珀雙眸，微微泛著一點碧綠，粉嫩俏唇。她想，自己應是美的，看著並不令自己討厭，那好吧，驗光配眼鏡。

驗光師是一位精瘦、黝黑、個子不高的光頭先生，戴著一副蛙鏡，左右鏡片度數不同，以至於把兩眼擴張得大小不一，但是，他的語氣、態度、神色，卻令人十分舒適愉悅。他仔細檢查了云瑚的眼睛，靜靜坐著，微笑不說話。

云瑚很有默契，也靜靜等著。驗光師娓娓道：「八部六趣的生靈，通常互不干擾，但是，就有比較靈光的，會穿越平行界限，串門子。妳身為天人，覺得自己勇敢嗎？」云瑚緩和但肯定地點頭。驗光師說：「那好！輕微的散光，好解決，我給妳的鏡片加個『五度』，方便妳辨認各路朋友。」云瑚挑了一副無邊框的金腿兒鏡架，戴著配好度數的眼鏡看驗光師，居然是一個透明人。

有了眼鏡，云瑚的心情更暢快了。一天傍晚，她一個人在家，正在補一個褲腿兒裂縫。一個穿制服的男孩，緩步走了進來，在針車上，放下一朵白瓣黃心的瑪格麗特。那是小她一班的學弟，已經上高中了，穿著卡其制服，單肩背著草綠色大書包，一頭汗，放下瑪格麗特，傻笑不說話。云瑚戴著五度眼鏡，仔細瞧著他……裡外是完全一致的。男孩被女孩這麼盯著看，自己怯怯地跑走了。

云瑚現在最喜歡的，就是輕巧踩著針車，戴著她的五度眼鏡，迎各種客人上門，看著奇炫怪狀的面容：鳥嘴的、蛇頭的、鱗毛的、龍角的、爆目紫臉的、三頭六臂的……看習慣了，她一點也不怕。

當然，也有內外如一，慈眉善目的。

放羊

小清立志要當牧羊人。正所謂「天似穹廬，籠蓋四野，天蒼蒼、野茫茫，風吹草低見牛羊。」多麼令人嚮往！

眷村位在軍區旁邊，連人的生活範圍都受限，哪還有養羊的空間？「那逐水草而居的樂天知命生活，恐怕只有將來反攻大業成功之後，才能實現了。」小清在作文簿上這麼寫道。老師的評語則是：「觀念雖正確，計畫不實際。」

一個初中生，對於草原、遊牧，其實概念模糊，一切都源自於一本禁書：《英雄傳》。這書的原名是《射鵰英雄傳》，香港作家金庸的武俠小說，只因書名沾上了毛澤東的名句：「一代天驕，成吉思汗，只識彎弓射大鵰。」在臺灣就成了禁書，禁書名卻禁不了好看的故事，小出版社以廉價裝幀，薄本多冊的形式，簡化書名照樣行走江湖。初中生搗著蚊帳，開手電筒「練功」，是許多人的成長記憶。

小清既不愛奇幻武功，也不羨慕郭靖、黃蓉的奇遇，更不想成為五絕、霸主，只一心嚮往留在大漠養羊，如果能有華箏那樣單純的女人伴著，就完美了。

剛巧，小清的家就住在影劇六村最具有塞外風情的位置：「萬里長城」牆根兒上，鄰居養了五隻山羊，兩隻黑的、兩隻花的、一隻白的。小清死求活說，說服鄰居，讓他在每天放學後，牽五隻羊逛逛，星期日可以逛一整天。

馬上就少了一隻，花的。小清後悔，真該一直拴著繩子，然而，村子就這麼小，羊是能跑去哪裡？找了一個禮拜沒下落，鄰居也沒怪他。

要不是緊盯著，還真不敢相信那個「牧童」是從城牆裡「滲」出來的！天色漸暗中，城牆壁上先是沁濕了一片，逐漸像是雨後滲水，隨之滲出來一個人，牽著兩隻長毛大角的羊。

小清一語未發，呆坐在那兒。那人一身羊皮襖，臉上風霜侵皺，仔細看，居然是個少年？「對不住您。」少年有個難解的口音，但畢竟說的是漢語：「上次我師傅要檢查，過來跟你借羊，回去湊數。沒想到你們南邊的羊太瘦、毛太短，到草原上兩天就凍死了！上次牽走一個，這次還你兩個。」

小清語塞。那牧羊童把兩隻大羊用繩套了，交在小清手上，說道：「好了，我回去了。」取出一個蓄水的皮囊，開始噴濕城牆。

小清鼓足勇氣，問道：「門？是用水從牆上開的？」

「平行泉。」那牧羊童說：「是伏流，經常改變流向，草原上很偶然能取得的，方便我們來去。」

小清勇敢地擠出一句：「帶我去？」

牧羊童一口回絕了：「可不成！事先得用泉水擦洗全身，還得喝，不然會卡在半道。」說著，一側肩，「滲」進城牆裡了。

小青恍惚地看著兩隻巨型羊，真是越看越像牛呀！

怕鬼

「真的很晚了。」男老師說：「萬一給哪位鄰居看見，女學生在這個時間，單獨在男老師家裡，很不適當。」

「我知道。」女學生回說：「我是真的想回答問題，完全沒有別的意思。」老師說：「只要讓人看見了，就必然是我有意思，跳到黃河也洗不清。」學生說：「那就麻煩老師出題目，我補寫了作文，就沒事了。」「我說過了。」老師表示出耐性的極限：「沒有關係，作文沒寫就算了，考試已經結束了。」

高中畢業考的最後一科是國文，女學生答完了題目，就昏厥送醫院，作文空白，一個字也沒寫。老師抬抬手打了六十分，給了不用補考的結果，但過意不去的，是學生本人，纏著老師准許補寫。

「既然如此。」老師試著解決問題：「就寫『鬼』吧。」「不！」學生一口回絕：「我不相信！這一定不是大家寫的題目！老師，你為什麼要規定我寫這麼不切實際的題目？」「這麼著。」老師打圓場：「寫個鬼故事？或評論一個鬼故事？」「不要！」少年人的刁橫露了出來：「我怕鬼！寫這個題目我不舒服。」

老師心想，都說不用補寫了，是妳堅持要的。「好吧。」老師說：「那就寫妳為什麼怕鬼？」

「我是在山裡出生的，我童年一切的一切，就是大自然。一般外人，都喜歡講什麼山精水怪、靈異事件，那都是對大自然的誤解。」「說得太好了。」老師說：「就把妳剛才說的，順著寫下來，就是一篇好文章。」「我拒絕。」學生說：「我拒絕寫任何牽涉這個字的文章，就當我愛惜羽毛，就當我文字潔癖，我不寫。」老師抓著了話頭，緊接著說：「把拒絕寫的這些原因理由寫下來，就算寫好了。」

「為什麼要強人所難？」學生哀怨地懇求：「我就是一個愛寫作的人，有著未完成的願望，為什麼就不能圓滿？」

「那這麼著。」老師畢竟有著超乎常人的耐性：「妳自己隨便寫，好吧？」「老師，我真不敢相信，這話居然是您說的？『隨便』？怎麼可以隨便？」「放諸自然和放縱無禮不同，妳分辨得出來嗎？」老師正色道：「既然我忝為妳的老師，頂著這個虛名最後一次提醒，該放下了，就要放下，這麼堅持下去，簡直鬼打牆。」女學生不語，似是賭氣。老師緩和地說：「每年六月都來整我一趟，真是何苦？這麼多年過去了，也該放自己一馬了。」

不覺天光乍現，女學生的臉色顯得極度暗沉晦澀。「看一下妳自己！」老師語氣嚴正：「還不明白為什麼不能說鬼？」女學生看著自己隨著天光而逐漸透明、淡去的身形，淒厲問道：「為什麼？為什麼？」

扮家家酒

「小木，你在幹嘛啦！」嘉嘉尖叫道：「吃麵包的時候不可以用啃的，沒禮貌！要撕成小片，用手放進嘴裡。」小木嚇了一跳，以至於不敢動。

「好，大家看我。」嘉嘉一邊示範，一邊說：「用右手，拿最右邊的湯匙，喝湯。」「我是左撇子，怎麼辦？」小木問道。「吃西餐兩手並用，左右手都有功用，沒有左撇子的問題。」嘉嘉嚴格地回覆，並接著說：「注意囉！餐桌禮節，湯匙要用三根指頭『端』，不能用拳頭『握』。舀湯的時候，要從內而外，輕輕地舀最表面，不能用挖的。」

「哎喲！好麻煩喏！」另一個同伴阿牛說：「是誰發明的這些規矩？吃飯不能放鬆吃就好了嗎？」嘉嘉頓了一頓，沒有立刻答話。阿牛理解自己說錯話了，也不作聲，一旁的桑桑用手肘輕點了他一下。

「我爸爸說。」嘉嘉收束情緒，擺出十二歲小孩原本不該有的一種老氣橫秋，字字珠璣地強調：「我爸爸是在官校教國際禮儀的教官，他說『不明白文化的差異，不是我們行為隨便的藉口。』即使是在中國餐桌上，也是有規矩的，例如，小飯碗是要端在手上的，說話的時候，碗筷都要放下，嘴裡有食物，不能說話，很多人連這幾點都不知道。」三個同伴聽得一知半解，或說瞠目結舌也行。

「我想要換位子。」阿牛舉手道：「桑桑老用手肘頂我，好痛喲。」「要問我爸爸。」嘉嘉回答：「你們的位子，都是我爸爸排好的，換位子要問他。」

「注意囉！」嘉嘉以傳承者自居，注重細節：「沙拉上來，要用最左邊的小叉子吃，西餐的餐具都是按順序排好的，左右都是從外往裡拿，就不會錯。左手拿叉子也是一樣，用端的，不能用握的。」

小木這時問道：「嘉嘉，妳好懂喔，妳爸爸經常帶妳去吃西餐呀？」嘉嘉沉默了好一會兒，幽幽地說：「沒有，一次都沒有。爸爸是在家裡教我的，說好我不生病了，就要去吃真正的西餐。」小木、阿牛、桑桑也都好一會兒不說話。

嘉嘉重整了情緒，開朗地說：「重頭戲來了！上牛排！」三個同伴不由得同步「哇」了一聲，雖然誰也沒吃過牛排，但都莫名期待。嘉嘉進入教學講解：「牛排刀叉的使用，就完全不同囉！刀尖叉頭朝內，兩手都要用握的，左手的叉子固定離自己最近的小塊，刀子輕輕切下一小塊，一定要非常小塊、非常優雅。」三個同伴彷彿聽到了真理，又「哇」地和聲。

「妳爸爸來了！」小木瘦瘦高高，看得遠，提示了一聲。

嘉嘉坐正，看見爸爸媽媽一起來了，挪動原本的三盆植物：變葉木、矮牽牛、扶桑花，在刻著嘉嘉名字的石頭前面，又放下一盆金盞花。

榕將軍

影劇六村門牌號碼一至八號，是八戶獨門獨院的日本房子，背靠著城牆，日據時代，就是軍官宿舍。現在，則是八位將軍的官舍，村民們都戲稱為「八家將」。城牆可比日本人來得早，康熙年間建成，道光年間整修，巨石堆砌，丈二高，原本是完整城垣，現在只剩下影劇六村裡的殘段。

六號，是容將軍家。想必是巧合，後院城牆頭盤著一株老榕樹，被尊稱為「榕」將軍，從盤根錯節的程度來看，怕也比日本人來得早，或曾目睹皇軍進城？

明明就要期末考，溫書假卻偏出個大太陽，容家豪卡在家裡，既不能打球、也不能游泳，就算溜得出去，也沒人一道，無聊得緊。盯著《三民主義》課本，頁面忽遠忽近、字體忽大忽小，焦距就是調不準！後院早發的蟬鳴，催促著玩心與睡意。迷濛之間，居然已經聽見自己的鼾聲，必須去後院走動走動！

老榕樹的庇蔭，把六月的豔陽全擋在院外，根鬚順勢，從牆頭而下，向著地心引力的作用方向，盤布牆面。

古城牆面的石塊，原就是凹凹凸凸，榕樹的氣根蓄積成束，附著牆面，自然形成了攀爬條件。十六歲，無限噴發青春的少年，回應了榕將軍捋著長鬚的呼喚，攀踩著根鬚，輕鬆上城頭。

啊！何等舒爽快意！向左向右，便能遍遊「八家將」的後院。他這麼想想，卻不敢真這麼做，自己老爸就不是好對付的，其他的將軍，臉色只怕都不好看。想想還是下牆吧，老榕將軍皺皺的臉，已經在斜瞪他了。

哪兒來的突發奇想，就想「輕身飄下去」，想像自己仆身向下，半空一個翻腰，便能以腳著地……這麼想著就這麼做了！頭朝下……頭朝下……那個想像的前滾翻腰沒有發生……自己都清楚聽到「喀啪！」一聲，右腳被一束橫飛過來的氣根絞住，人倒掛著，兩條手臂觸地，消解了一部分下墜的力量，整張臉距離地面不到十公分，都能清楚聞到含羞草的氣味了。

他如願，在必須閉關的溫書假出了門，只不過，是因為送醫院，右小腿骨折，連帶腳踝脫臼、筋膜拉傷、雙臂擦傷。第二天打著石膏去考試。那次期末考，容家豪全科pass！《三民主義》考得差強人意，勉強及格，但從未及格過的數學居然及格了，英文也免於補考，全拜斷腿修養，再也離不開房間之賜。

接下來的暑假完整而純粹，可惜也是不能游泳、打球，只能盡情恣意地看武俠小說。

爸爸從外島回來輪休，看了全用藍筆寫的成績單，省了例行的罵。橫拍了兒子的肩頭，說：「至少得這樣，行！」

容家豪不知哪兒來的虎膽犀牛皮，回了一句：「以後都選考前斷腿就是了。」

「命不該絕！」容將軍倏地變臉，補上了原本省去的罵：「要不是老榕將軍接著，小兔崽子何止折了腿！」

中獎

牆裡有聲音。起先只是悉悉簌簌，想必是蟑螂，後來變成吱吱嘎嘎，恐怕是老鼠。民國三十九年完工的老村子，隔間都是黃泥夯版，夾雜竹條、草棍，自然素材，冬暖夏涼的代價，就是隔音差、易龜裂、藏蟲鼠。

闕先生並不是每天凌晨一點三十二分醒來，而是，如果有聲響把他擾醒，一看鬧鐘，必是一點三十二分。他沒有懷疑多久，牆裡的聲音，已經轉化成人聲：「駕鶴西歸！」「壽比南山！」

剛搬來一陣，左鄰右舍雖已拜訪過，但不知各家的習性。白天見到面，只好試探性地打探：「阿姨，昨晚發財囉？」「大哥，昨晚聽什麼牌呀？這麼高興！」都招來白眼，都說自家早睡早起，絕無方城之戰。

「倒是你家。」管閒事的阿姨主動爆料：「上一個屋主是個牌精。幾乎天天通宵達旦，從不叫鄰居上桌，來的都是村外的人。你搬來前半年多，他才走。」「走去哪兒？」關先生一時沒跟上。阿姨說：「還能去哪兒？回老家！就在牌桌上，心肌梗塞。聽牌等九萬，清一色。」

「這人是天生的。」阿姨續說：「光他那個名字，就萬中選一，『鍾法柏』，這個『柏』字也唸三聲『百』，『中發白』！是不是個貨色！」

又是一個一點三十二分，牆裡突然一聲：「東風無力百花殘！」關先生幾乎是嚇醒的。想起阿姨那天的描述，恭恭敬敬起身，對著牆壁深深一躬，道：「大哥，鍾大哥。明天事情多，我真得睡夠，您也休息了好不好？謝謝您高抬貴手。」接下來幾個月，都不再有聲響。關先生滿以為是自己恭謹，勸退了鬼鄰居。

一個晚睡的夜，關先生一點半才熄燈躺下，兩分鐘後，牆裡清楚傳來聲音，只一個字：「買。」關先生像是與隔鄰室友對話般問道：「買什麼？」聲音還只是回說：「買。」關先生一時間沒參透，昏昏睡去。

第二天停電，關先生下班經過雜貨鋪買蠟燭。正巧瞥見隔壁彩券行，心想：「買？該不會是叫我買愛國獎券？」隔天是五號，十塊錢一張，就買張試試。

鄰居管閒事的阿姨某日攔下關先生，說道：「小伙子，看你總是神清氣爽，面帶笑容，想必那主兒不來煩你了？」關先生說了這幾個月來的奇遇。

「他告訴你號碼呀？」阿姨驚奇道。「沒。」關先生回應：「他只說一個字，

『買』，我次日出門，經過獎券行隨便買一張，必中。」「愛國獎券你每一期都能中？」阿姨咋舌道。「當然不是每一期。」闕先生說：「而且只中小獎，他不是每個月都來，他說買我才買，凡買必中。」

阿姨的神情，滿是欣羨仰慕：「下次他說話的時候，跟我也打個招呼？」

眼藥水

過了五十歲，眼睛乾癢擺脫不去，街上藥房買的眼藥水點了又涼又爽，但是聽說含有血管收縮劑，近則影響眼壓，遠則干擾血壓，不能多點。

還是問問明醫官，大夥兒尊稱他「醫官」，其實過度抬舉了，明先生原本是在軍區醫院服務，但只是藥劑師，並非醫官。退休後管管閒事，開開藥方，日常的解熱、止痛、抗過敏，確實很幫忙。

賈先生說了自己的困擾，明醫官細細觀察了他的兩眼：「沒有沙眼、不是結膜炎角膜炎，輕微早發的白內障，不要直晒太陽。」賈先生說：「就這樣？癢怎麼辦？」「國外已經廣泛使用人工淚液。」明醫官說道：「但是我們還沒有普及，進口太貴，不划算。忍一忍不要揉。」「醫官哪！」賈先生音量拉高，倒不是情緒過度激動，而是他嗓門兒原本就大：「乾脆以後肚子疼忍一忍、牙疼忍一忍、生孩子忍一忍，就用不著醫生啦！」

明醫官嗓音也不低：「叫你現在忍一忍，先不要揉，我給你想辦法！」他動作徐緩，熟練地取出一個大玻璃罐，裡面是清澈無色的液體。又取來一個墨藍色小玻璃瓶，蓋頭配有一枝滴管，汲取一些液體，注入小瓶，旋起瓶蓋，說：「試試，這是特殊配方，有什麼感覺可以隨時回來問我。」賈先生忍不住，也是個性豪邁，信任朋友，當場兩眼各一滴，閉目一分鐘，隨即說：「有用！真有用！瞬間就不癢了！」

「藥嘛，多多少少有一些副作用。」明醫官囑咐道：「副作用來了，一定要回來告訴我。」「什麼副作用？」「眼淚變多啦、發脹啦，因人而異，有些人適應得很好。」這些話賈先生沒往心裡去，他沉浸在「止癢有用」的欣喜中。

一個月過去，明醫官料準眼藥早滴完了，卻不見賈先生回診。在村頭、巷口遠遠見著，幾次又錯過，而且賈先生有一點看似在躲他的意思。終於因為村子太小，總有頭頂頭撞見的一天。「眼藥點了怎麼樣？」明醫官劈頭就問。

「不點了。」「怎麼呢？」「止癢效果很好，但副作用也太強。」「什麼副作用？」賈先生遲疑了一下：「醫官，你的特殊配方究竟哪兒來的？起先，我只是會多看到一些人影，後來，畫面變清楚，都是……已經不在的那些人，都是認識的，他們一個個跟我打招呼。我不怕這個的！」他聲音不自覺地又大起來了：「而且有一點好奇，就繼續點。有一天，我爸來了。」講到這兒，他急煞車，不說了。
「令尊來了，不好嗎？」明醫官註解道：「其他使用者都期待的呢！」「原來你早知道！」賈先生聲音暴大，幾乎是吼的：「我這輩子、下輩子、哪怕陰曹地府，都不要再見到我爸！」

牆頭阿風

「季伯！好久不見！」突如其來的招呼，把季先生老實嚇了一跳，抬頭一看，一個瘦小子騎在牆頭上。「小王八蛋！長大了？嚇死人啦！」季先生罵道。

這小子叫阿風，就姓風，爸爸跑船，媽媽跑人，爺爺奶奶帶大的，是村裡的頭痛少年。偏偏，阿風天生地懂事，善於人情世故，嘴巴甜，張伯伯長、李媽媽短的，很得老人緣，於是，就偶有點兒什麼鼻青臉腫的小事故，也都靠長輩們的誇讚，在爺爺奶奶面前給圓了。

「季伯你一個人回來？我爸哩？」阿風問，攀著圓弧拱門，上面四塊藍底圓鐵牌，白油漆寫著「影劇六村」四個大字。季先生和阿風爸爸是同一條船出發的，季先生與風先生是同鄉、同一部隊出來、同時退下來、同時跑船，只差在沒生個兒子，這小鬼阿風，也是看著他出生，但因為一出去就是好幾年，沒能看著他長大。季先生回道：「在巴拿馬，你爸答應了一個工作，得下一趟才跟船回來。」

阿風低頭不語，顯然是失望了。「這麼晚了。」季先生放下肩上水手背包，橫胳臂看錶：「四點了？是這麼早了？天都快亮了，你坐在大門口牆頭幹嘛？」阿風說：「沒，心裡煩睡不著，坐這裡吹風。」季先生隨即問：「爺爺奶奶都好吧？你爸託我帶東西給兩位老人家。」「不知道。」阿風答：「兩三天沒看到人，大概到花蓮我小叔叔那裡去了。」

季先生說：「阿風啊，爺爺奶奶年紀大了，你要聽話，少惹事，他們照顧你不容易，你要孝順啊。」「知道啦。」阿風敷衍答道。季伯說：「你下來，我們去你家，把你爸的東西拿了，我也給你買了隻錶，『天美時』的，下來我給你。」阿風沒應聲，往牆裡跳下。

便在此時，「守望相助」巡哨經過，今天輪到老王，與季先生也是舊識。「哎！回來啦！」「是呀，回來了。」「我聽你剛才在跟誰說話？」「風家的阿風。」「風老先生？」「不，小的，小鬼阿風。」

「真見鬼了！」老王支起腳踏車，說：「那孩子管閒事，上禮拜三個村外的大漢追著一個隔壁村的，阿風正坐在牆頭上，跳下去幫忙，一人一扁鑽！肚子上三個窟窿，小鬼阿風真的做鬼了！他自己大概都還沒搞清楚，今天剛好頭七。」

「他爺爺奶奶呢？」「嚇壞了，搬去花蓮小兒子那兒暫住。因為你還不知道這事兒，所以他在等你。這小子不算是壞，尊敬長輩，嘴也甜，走了挺教人捨不得，不說了不說了！」老王性情中人，噙著淚，跨上腳踏車。

季先生呆在原地動也不動。想這人生的荒唐，漂泊東西所為何來？有子又如何？轉眼又無後。「幹嘛等我呢？」季先生想著：「是囉！他認為爸爸也回來。」

艾太太們

村子裡有兩位艾太太。一位住在上坡十九號，一位住在下坡二百九十九號。

下坡的艾太太三十出頭，身形嬌小玲瓏，經常穿著各種變化的連身洋裝短裙，有時碧藍開朗，有時靛紫沉潛，臉上經常一抹微笑，但不多話，甜美卻難以捉摸。

上坡的艾太太則是頎長飄逸，染過的長髮，短裙、短褲、超短褲，以便盡量裸露那一對俏翹的膝蓋頭，配著綁帶羅馬鞋，金色的、銀色的、古銅色的，火辣無盡噴發，但面容冷豔，跟誰也不說話。年齡也是三十出頭。

從市場裡攤商口中得知，她們的先生剛好都姓艾，本不是普及姓氏，村裡卻有兩家，大家稍稍稱奇。

然而眼尖的鄰居發現，兩位艾太太偶爾相遇時，絕不打招呼，算是有點反常，稀少姓氏家庭，遇到同姓，總該打聽是否同鄉？同宗？至少相互關心？都不！細心的韓奶奶甚至覺得，兩位艾太太會故意避開對方。

這一天，老太太決定要測試測試。

韓奶奶在市場口拉住甜美嬌小的艾太太，問她的衣服、問她的頭髮，儘管問一些無關緊要的瑣事。長輩問話，總得支應。遠遠看見高眺冷豔的艾太太接近了，突然冒出一句：「怎麼都沒見過妳先生？他都不陪妳買菜？」

甜美艾太太隨口敷衍：「工作太累，在家裡休息。」這句再普通不過的話語聽在冷豔艾太太耳裡，卻起了奇特的反應，她衝口一句：「男人，該在他自己的家裡！」

甜美艾太太瞬間轉成尖酸：「說得對，就該跟自己太太住在一起。」冷豔艾太太也轉爆成火辣：「對，跟真正的太太住在一起。」但這兩人平日是不對話的，今日爆發，全因為韓奶奶。於是，兩人就以韓奶奶為對象，各自表述。

矮個子尖酸艾太太說：「我先生很難得回家一次，他暫時取下了上校官階，軍職外調到沙烏地，協同榮民工程處，去幫忙基礎建設，三個月難得回來一次，昨天剛回家，就想在家裡和妻子溫存，一般人誰也不見。」

高個子火爆艾太太說：「我先生一年沒回來了，他事實上已經占了少將缺，以民間身分到美國公司考察，其實是在轉移核子潛艦技術。回來都是為了想看到我，待上一晚，就要上臺北開會報告，一般人誰也見不到的。」

韓奶奶越聽越糊塗了?艾先生真的有兩個?還是同一個?

不多久,上下坡分界處的二百零九號,搬來新鄰居,也是一位艾太太,據韓奶奶私下調查,她先生剛剛晉任少將,但是隨即派往「不能透露」的外地,進行高度機密的任務。昨天剛剛回來過,天沒亮又走了。

稀少的姓氏,特殊的身分,類似的習性。卻只有一個事實可以完全肯定,影劇六村裡的「一般人」,誰也沒有見過艾先生。

巧克力盒

那是一個長條形的鐵盒子，連著盒蓋，面上按照盒內的狀況顯示，排列整齊七四二十八塊巧克力，每一塊上面都寫著「CARRO」。

哲雄已經想不起來這個牌子巧克力的味道，也不記得當初是誰買的？還是誰送的？空鐵盒在他床下擺了好幾年，裡面是一些零碎：郵票、迴紋針、橡皮擦、削鉛筆刀……床下堆放的雜物太久沒動，積了厚厚的灰，他決定整理。

因為實在不想看書，還剩一個禮拜就是七月一日，一考定江山的宣判日就要到來，同學們多半選擇到校集體念書，接受每日一科目的考卷練習。哲雄決定不去，他已經預先看見了今年的結果，比玻璃窗、汽水瓶還要透明，考不上的。

昏黃的桌燈，照著鬧鐘，已是夜裡將近十點，耐不住煩躁，哲雄乾脆掀開床單，露出床下重重堆疊的景象。就是這樣重獲了「CARRO」巧克力盒，他清空盒內雜物，用濕抹布裡外擦拭乾淨，仔細端詳。鐵盒的邊緣有些微銹斑，但因為多年沒有動用，外觀仍然光鮮，哲雄決定將它留在桌面，還是收放小文具。

不覺已過午夜，哲雄昏昏睡去。直睡到次日將近中午，醒來發現散布房間的一團混亂，昨晚只有揭發，卻沒有清理。腳下一個踉蹌！手一揮，剛巧把桌面的巧克力盒拂落地面，「哐！」似一鑼聲，盒蓋掀開，掉出一封昨天還不存在的信。

信上寫道：「今年、明年你都不會考上，但一定要堅持，第三年就上了。接下來更不會一帆風順，舉凡你想做的事情，都將有考驗橫在面前，越是你在乎的事情，阻力越大。大學時候交的女朋友，你會很想娶她，但是後來『兵變』了。你將有機會為多數人服務，要注意態度，不可以因為個人成就而狂妄自大。

「接下來的三十年，國家、社會、世界都會有驚天動地的變化，要留意自己在因應時局變化的處境，建立中心思想，不要搖擺、不要隨波逐流。你的精華三十年非常精彩，始終要排除萬難去完成目標，成功受到大家的羨慕。

「你終究會擁有自己的幸福家庭，要注意爸爸的身體，他看起來雖然非常健壯，但卻沒有活到很老。」

信的內容就是這樣，沒有抬頭、沒有落款。

哲雄看得激盪澎湃，再次檢視巧克力鐵盒，裡裡外外、每個夾角、每個接縫……除了有些微生銹，實在是個平凡至極的鐵盒呀。

「可以請問你誰嗎？」他寫了一張字條，對摺兩次，單獨放進鐵盒，蓋上。

又次日，天亮時開啓，字條還是字條，並沒有多出什麼。他起先有點失望，展開字條，下面多了兩行：

「你必須下對全部的判斷、做對全部的事情，未來才會有我。

現在，我還不存在。」

刺客

這一篇，也可以算是與我直接相關的事件。

父親學徒兵行伍出身，渡海來臺時未滿十八歲，已因功升任少尉排長，編入青年軍第一軍。他的團長選派了幾位資質佳的幹部，入官校受訓。原本成立於廣州黃埔的陸軍軍官學校在鳳山復校，父親拔去官階，入學受訓。

期間有一個重要項目，是在阿拉斯加完成的傘訓，當時我國與美軍聯盟關係緊密，國軍儲備幹部的教官，是大戰末期，實際參與諾曼第大空降的英雄，美軍一〇一空降師的士官長。父親通過了嚴格的鍛鍊與考核，學成專業，返國被預選分發空降特戰部隊。

畢業典禮舉行過，父親與同學一般，頒授少尉軍銜，國家再把入校前拔除的官階也加回去，父親一日內晉升為中尉。按照分發，上卡車，準備下部隊，卻在此時，一道緊急命令把他從卡車上拉了下來。

原來，老團長已晉升將軍，任副司令職，因為一樁口傳誤會，捲入一場謀刺案件。剛葬了亡夫的另一位將軍夫人，聽信讒言，認定副司令舉薦的醫官，恰是害死亡夫的凶手，於是召喚魯鈍耿介的親信，準備進行謀刺。夫人假意來「八家將」一號的副司令家致謝，再令得謙謙君子陪同護送返回鄰村，副司令孤身一人走回程，途中必須經過護城河。那愚忠士官埋伏橋下，待副司令返程路過，連開六槍！恰逢一陣怪風，飛土揚沙，遮蔽了準確度，沒有傷及要害。

父親忠誠清廉的天性，早為老長官熟知，於此危急之時，急急調任到將軍府中，任貼身侍從官。也因此，父親一生，並沒有前往空降特戰部隊。後來，副司令得到那位光頭白鬍子老頭兒的信任與重用，連連晉升，成為國軍最年輕的上將總司令。父親在他的舉薦下，也見過白鬍子老頭兒，也升上了將軍。

這跟我的關係到底是什麼？

回首前塵。安祿山叛亂之初，雷海青大總管與我等一干梨園子弟，因辱罵安賊，以「叛奴」之名處死，玉帝嘉獎大總管正直壯烈，封為「都元帥」，我等一十七員陪祀，庇佑梨園。後玄宗薨，戲祖老郎神歸位，仙遊四大部洲，我等隨侍，不覺凡間已過一千二百年。恰途經蓬萊島，偶遇俗魯之人以暗器投殺人傑，倉促間不及思索，揚起風沙阻隔刺客，惡人連開六槍，卻未傷及將軍要害。

祖師爺念我塵緣未了，發放帶藝轉世，情商孟婆，准予不飲忘魂湯，保持清醒聰慧，以便穿越時空、透析事物義理，待得了卻凡俗因緣，再重返仙界梨園。

父親來自終南山，母親來自山海關，千里迢迢，卻在蓬萊島上的逗點小鎮的微塵村子相遇，就為了把我帶來這一時空呀！

願望

爸爸派任為旅長，前往金門時，永德剛上國一，過了一年多，第一次休假回來，永德已是國二下學期。爸爸三月回來，錯過了舊曆年，於是，全家到桂花阿姨開的「桂園小館」，補吃團圓飯。這是兩年來，一家四口第一次團聚，爸爸這樣的硬漢，黝黑的臉上也綻放了少見的歡顏。

「桂園」新修了大魚缸，架得高高，宛如一堵水牆。遮擋廚房，也讓餐廳看來氣派爽快，缸裡養著幾條魚。

「我看一下魚。」永德報備好，準備離席。媽媽皺了眉，似有意見，爸爸輕聲說：「去看吧，不要摸。」他們家教並非特嚴，但事事也要求次序與規矩。他心中惴惴，爸爸回來得太巧，正逢第一次月考過後，各課成績剛剛公布，永德只在五十人班上排到第四十二名，幾乎便要掛車尾，而且數學、英文、地理、歷史四課不及格，數學只得七分。這樣的成績，豈是金門返鄉的旅長所樂見？

幸好，爸爸久不在家，不清楚各種學校進度，到家第一天並沒有詢問功課。但誰知道他要在家待幾天？「功課怎麼樣？」是料想得到、怎樣也躲不掉的一問。

缸裡有一條肥魚、一條長魚，幾隻龍蝦，想是哪天有人點，都要下鍋的貨色。一條醜魚，背鰭鋸齒、大嘴厚脣、滿口刺牙，搖著破散的鰭、尾，呼張呼張著嘴，緊貼玻璃，盯著永德。

然而他心裡有事，沒太留意魚的表情。「管他呢！賭他遲問，自己絕不早講。」永德這麼想著。從魚缸的倒影，看見爸爸媽媽笑著說話，聲音很小，聽不見他們說什麼。這一刻，他突然心頭浮現一樁以前未曾想過的事：「爸爸這麼久才回來，媽媽該是多麼想他。」

缸裡的那條醜魚轉了一圈回來，又對他呼張著大嘴，永德瞇起一隻左眼，只用右眼靠近魚缸，彷彿如此便能看穿魚口，透視肚腸。他打定了主意，今天無論如何不提成績的事。

說點快樂的事嘛。他想到，自己在學校棒球隊表現不俗，教練公開宣布，校際聯賽的勝利，有好一部分原因是他這個「神捕」表現沉穩機智，兩度快傳二壘封殺盜壘者。不禁想起百貨公司運動器材樓層，玻璃櫃裡陳列的那隻美國進口、全牛皮的捕手專用手套。

還敢想手套哩！望著缸裡的醜魚，永德恨不得變成牠算了！不但不用擔心現下，以後永遠都不擔心考試了，住在水缸裡，只管游來游去，完全無所事事。他不知道，上小四的妹妹一直跟在旁邊，菜已上桌，媽媽呼喚了兩次，永德出神了沒反應，妹妹使勁拍了哥哥後背，「啪」！好響！

永德看見跟自己長得一樣的少年，張著大嘴，呼張呼張地回到座位。自己卻隔著玻璃，在魚缸裡觀望外頭的世界。

延伸閱讀——《浮士德》

德國大文豪歌德在十九世紀初作品，取材自中世紀「浮士德」傳說。浮士德博士與魔鬼梅菲斯特交易，解脫陽世痛苦，但靈魂將永墮地獄。

龍門陣

太陽下山，放學的、下班的陸續到家，或者進家改換輕便短褲拖鞋，或者扛包端著腳踏車，就地聊起來。村子的龍門陣，天天擺出、日日不墜。興起時，口沫橫飛、手舞足蹈，老媽不出來抓人，都不回家吃飯了。

真正重要的訊息，也多半在此時傳遞。誰該升遷了，誰該調差了，誰得罪人了，誰擋了誰的路了。誰跟誰眉來眼去了，誰跟誰貌合神離了，誰的肚子其實是誰搞大的……諸如此類。

老哈不如其名，姓「哈」，卻從來沒人看他笑過？甚至……誰也想不起來他何時說過話？他從不參加任何一條巷子的龍門陣，老哈在管理站對面的芒果樹下，圍了幾塊板子，頂著兩片石棉瓦，前面一張檯子，後面一塊鋪板，炭火烘著一個大鐵桶，貼燒餅。

跟老哈買燒餅，全憑良心，旁邊備便一疊日曆紙，自己挑、自己拿、自己包。

你要問：「多少錢？」老哈無聲地指一指檯面上的方形月餅鐵盒，敞著蓋兒，裡面一堆零錢，意思是「隨便給，自己找錢」。

有人在晚上經過老哈的燒餅鋪，四周都上嚴了板子，縫縫裡透著光，裡面可熱鬧著！有人說：「司令說的算個屁？司令是我兒子！」一個女的說：「別胡說八道。」又一個說：「司令是你兒子？那你不成了司令他媽的姘頭了！」有一個說：「我操他媽個屄！」女人又說：「別胡說八道。」

這話傳回了一般人家的龍門陣，有人評論道：「可見這個老哈，平日不說話，也是深藏不露。」也有人說：「搞不好有特殊工作。」「他那幾塊板子，能圍出多大地方，能藏幾個人？」「噓……祕密通道。」

一天，老哈正在收攤，檯子上竹簍裡還攤著三個長條芝麻燒餅，一位太太路過，瞄了一眼，自己動起手來：「這三個燒餅我要了。」急得老哈甩下手上道具，衝來前頭，一個勁兒地揮手。那太太逗他：「怎麼？最後三個，不收錢了，謝啦！」老哈愈發著急，「嘿！」地大嘆一聲。

那天也是逼急了，老哈轉身到鋪板下，拉出一個破舊的豬皮箱，掀開箱蓋，居然是一箱子面具。有木刻的、有紙漿的，也有皮縫的、布織的，玲瓏七巧、面面不同。老哈急取了一個玉面書生樣貌的，來不及繫帶兒，貼臉手扶著，便說：「今日燒餅已經賣完了，這三個有人訂了，明天請早。」

也是這次的提醒，老哈以後賣燒餅時，手邊多了兩個面具。一個鐵黑的，湊臉專說：「謝謝您！」另一個青綠的，打烊時掛在臉上，叱喝：「賣完了！走！」

老哈不需要跟誰說話，其實也不屑跟誰說話，只需每日賣光了燒餅，上起門板，掛出面具，自說自娛、自問自答，擺起自家龍門陣，著實快意！

延伸閱讀——《西哈諾》

十八世紀法國劇作家羅斯丹作品，浪漫主義戲劇名著之一，西哈諾是一位大鼻子詩人劍客，擊劍任俠、文武雙全。

可以問我

「不用錢……」電器行臧老闆輕皺眉頭：「店裡有budget，像妳這樣的熟客，兩顆電池這樣的小case，free！」

少女滿華，不知該不該多笑一些？還是保持端靜面容就好？抿著嘴，輕聲說：「謝謝臧叔叔。」「哎？」臧老闆故意把眉頭皺深了些：「見外了噢！我是從小看妳長大的，小朋友叫我uncle，妳已經是大人，就該叫我大哥了。」

滿華被攪得挺糊塗，隨口就叫：「大哥。」「Good! 這才顯得有交情。」

大概是臨時被使喚出來買電池，滿華不及拾掇。剛上高一的少女，還沒意識到自己身體的微妙變化，仍稱「嬰兒肥」的體態，卻明顯地上凸下翹，下身圍著卡其色軍訓窄裙，被綳得緊緊，肉嫩嫩的腳掌，踩著紅色的人字夾腳拖。

「有點熱，我開電扇。」臧老闆扳動電扇基座開關，綠色的大扇葉緩緩擺頭。

「So hot!」臧老闆假意抱怨：「這才幾月，什麼天氣！」大概是剛才走得急，滿華流了汗，突然一吹電扇，身體有了反應。上身只套了學校發的短運動衫，薄薄單層，內裡什麼也沒有，胸前因為受涼，激勵得勃發起來。

臧老闆又假意關切：「又有點太涼了，我把窗子關上。」電器行正面有扇向外的窗子，臧老闆嚴實地關上，不知為何？還刻意地拴上插銷。順便，把門也關了，扭了一下鎖釦。

「我媽的收音機沒電了，等著用電池……」「多聊兩分鐘。」臧老闆故意整肅表情：「我知道妳們家的狀況。爸爸不在了，媽媽書讀得不多，帶妳們姊弟三個很辛苦，有什麼需要，可以問我。」

「噢……」滿華額上滲出汗水，浸漬髮鬢，這女孩人中深陷，上脣尖尖，翹起一角，讓人直想一口咬下。雖有電扇，但屋內悶不通風，滿華胸前熱氣，從幾可透視的薄衫V領噴出來，嬰兒肥的豐腴肚腩，隨著興奮的呼吸起伏。

臧老闆觀察這番動靜時，已從門口移步，近在女孩三尺之遙，長臂一探即可得手。看她沒有退縮，似有允可之意？

「我覺得最重要的課目是英文。」大哥擺出最莊嚴的態度，對最長遠的人生表達關心：「妳是大姊，將來老媽、兩個弟弟都要靠妳。英文好，才能找到好工作。我在美國住過，English日常使用，我的發音、用字都是道地American style，妳可以問我，我們多多練習。」說這話時，兩胸已相貼，少女並不退縮，他放肆地揪住薄衫下襬，向上一掀，女孩居然順臂向上，任其所為。

望著初長成的赤裸前胸，五十歲的色魔卻突然結冰！順著胸前挺出的兩枚，向下看，還排列兩行小的，左一行、右一行，數數，一共八個奶頭。

延伸閱讀——《偽君子》

十七世紀法國戲劇家莫里哀著名喜劇。一個滿口道德的神棍，進入富商家成為良心導師，藉機染指人家妻女。是最經常上演的法文古典喜劇。

還在

雨下得不小。利媽媽的早餐店已經收得差不多了，只留著一個小炭爐，溫著小鍋豆漿。側窗邊，老頭兒望著窗外。

這小店是搭出來的，在市場邊，葉子板、隔水布，最外層刷上一道洋乾漆，權充保護層。窗子是一塊向外支開的板子，撐著一根木條，雨水打在窗板上，轟隆轟隆，再淋久些，恐怕要被澆穿了。

「草螢有耀終非火，荷露雖團豈是珠。」雨小了些，但那滴答聲只是提示著時間的流逝，聽久了不美，卻帶著三分煩悶。利媽媽有成人之美，陪著等，但究竟等到幾時呢？

一個大塊頭男人閃身進來，草草向利媽媽點了點頭，似乎已經熟到不需要太熱絡了。男人沒打傘，上身白襯衫濕透貼肉，原本吹過的飛機頭也被淋塌了。

利媽媽盛過豆漿，順帶一個白糯米飯糰。「對不起……」男人說：「利媽媽，中午我有飯局，這飯糰就不吃了。」利媽媽嘴角點了一下，說：「早些來，爸爸等你一早上呢。」

「今天剛好幹部會報。」男人說：「一大早先到公司開會，聽他們報告。」利媽媽說：「老闆也要一大早？」男人說：「老闆通常不用一大早，但是人家會報，就是要報給老闆聽，我就不能不在了。」「把爸爸接回家去。」利媽媽單刀直入，管了他家的事。「接！」男人說：「我講了八百次了，老爸住慣了村子，就認這群老鄰居，不願意搬呀。」男人端起溫豆漿，一口飲盡。

「你姊姊每天早上也來。」「我知道。」男人快速接口：「我一直知道。她是人家員工，上班時間早。利媽媽您是老長輩，我也不避諱了，我姊怎麼想事情，不關我的事。」

老頭兒一直望向窗外，望著雨小了、停了，剩下零星的滴答聲，落在窗板上。隨著外頭漸露的晴光，老頭兒臉上泛起虹彩。男人沒發現，一句話也沒說，在自己臉上抹了一把，攏攏濕塌塌的頭髮，倏地起身，往外走去。

利媽媽取下木條、掩上窗板，拴上滑扣，恭恭敬敬向老頭兒一鞠躬，緩緩說道：「您何苦不告訴他們呢？」老頭兒嘴角微微一揚，並不回話。利媽媽接著說：「鄰居們把您的骨灰都已經收拾了，只剩下他們姊兒倆不知道，應該告訴他們。」

老頭兒像是被說中了心事，直直望著利媽媽，臉上的虹彩愈發鮮明，利媽媽不由自主退後。老頭兒收了眼神，低聲說道：「他們倆不說話了，老死不相往來，我若是跟哪一個回去，就再也見不著另一個了。」

延伸閱讀——《一僕二主》

十八世紀義大利作家高多尼的喜劇，承襲兩百年來傳統即興藝術喜劇的氣氛。一個僕人兼差侍奉兩位主人，搞出一連串意外。

不要抱我

祐祐咬了一口湯圓，發現是芝麻餡兒的，嫌道：「啊！我不要吃芝麻的。」爸爸接過湯匙，一聲不吭，把露了餡兒的湯圓一口吞了。

媽媽冷靜地看著，輕聲一句：「果然是親生的，這才甘願。」爸爸嘴裡嚼著湯圓，「嗯？」了一聲。媽媽續說：「是呀，任何活人的口水你都嫌髒，無一例外，就是你親生女兒的，才甘願吞下去。」她說「無一例外」四字的時候故意加強了語氣，標示著特定的觀點。

「喔！我喜歡豆沙！」祐祐歡欣地稱讚這一顆。爸爸緊張起來：「豆沙？哪裡有豆沙的？」急急奪過了湯碗，撈起已經咬了的那顆檢查。

媽媽微笑道：「瞧你緊張的。冰箱裡有豆沙的，我一塊兒煮了。」爸爸陰鬱地問：「可不要弄混了。」媽媽「哼」了一聲，並不回答。

祐祐看看壁上的鐘，說道：「快要中午了，阿嬤快要回來了，爸爸不要抱我。」說著便要掙脫離座。

爸爸順著祐祐，放開了她。想著自己丈母娘，三十歲守寡，單親帶大女兒確實不易，養成堅毅性格也情有可原，但沒什麼道理，把自家門第視為高不可攀？沒了丈夫還想繼續住在眷村，必須守住寡，才符合撫卹給付的資格，眷村裡，誰家是朱門青煙的呢？

小兒女意外有了，也在丈母娘的准許下結了婚，又何苦不准女婿進門？幾年過去，都快上小學了，爸爸只能在阿嬤不在家的時候，「偷偷」地來親親、抱抱自己的女兒。連祐祐都明白，阿嬤不喜歡爸爸，阿嬤不能看見爸爸抱自己。

「吃花生的，看，那顆上面有紅點點的，是花生的。」爸爸哄著祐祐。轉頭對妻子說：「千萬不要說湯圓是我買的，不然妳媽不會吃。總共十個，大人只要一次吃掉兩個，就會見效。然後我們離婚，祐祐跟我，妳完全自由了。」

媽媽沒有答話，甚至面無表情。

「今年元宵節，我吃了四顆湯圓，一顆芝麻，我不喜歡，一顆花生，普通，兩顆豆沙，我最喜歡豆沙，阿嬤也最喜歡豆沙。」祐祐無邪地宣布。

甚至想不起是什麼原因，幾乎是一開始，丈母娘就看不慣自己，無論怎麼乖巧、無論怎麼努力，自己彷彿就像個育種的機器，生下了孫女，女婿就再也沒了用處。爸爸一邊想著，一邊把女兒緊緊擁進懷裡。

「只能抱一下，阿嬤快要回來了。」祐祐昏昏睡去。

爸爸誤會了，以為阿嬤是幸福的唯一障礙，除掉阿嬤，一切就能正常。媽媽則有著不凡的觀察，除掉女兒，男人就不再上門，從此一樣能清淨生活。

延伸閱讀——《米蒂亞》

古希臘悲劇名著之一，作者尤里匹底斯。米蒂亞為了報復丈夫傑森移情別戀，不惜毒殺他們親生的子女。

老漢外遇

老漢穿巷而過，數十年被太陽晒得過度的皺皮，鬆垮的臉、過重的下巴，以至於把嘴都拉開了些，露出了殘缺、蛀爛的牙床。一眼似是瞎了，另一眼不時擠弄翻轉，也不利索，走路時，頭一抬一低。整張臉孔，就是那對耳垂還算禁看，多肉、闊垂。

傍晚時分，各家陸續開飯，有那幾家的太太，大概是老公、孩子還沒到家，正在門前倚望，就閒磕磕牙。正巧老漢經過，一身不同時代的破軍裝，頭戴一頂汗漬成咖啡色、農藥店送的棒球帽。左肩扛著帆布袋，看那輕飄飄的狀態，裡面原有物事大概是被清空了，右手拎著鋁製的圓筒飯盒，一晃一擺地走著。

聊天中的婦人們，頓時都停了下來。老漢察覺氣氛有些不同，斜眼瞄了一下，其中一位太太順口客氣，說：「回來啦？」老漢不認識這些人，也不知道該說什麼，原本已張著的嘴，正在呼氣，順勢只「啊」了一聲。

幾乎天天看見，卻沒人知道他姓什麼？第二位太太說：「真沒禮貌欸，打招呼都不會欸。」第三位太太「噓」了一聲，待得老漢過了拐角，問道：「妳們聽說過他的事嗎？」

第一位太太說：「聽說他老婆病得很嚴重，拖了好幾年，又沒錢，只能住在總醫院大通鋪。老頭兒每天走路一個鐘頭，到總醫院送飯。」

第二位太太說：「我聽說的不太一樣。說是他老婆被軍用吉普車撞了，不知道是哪位長官的車？撞了就跑了。老太太根本癱瘓，只會直著眼睛瞪人，吃飯要一口一口地餵。老頭兒都是走路，每天早去晚回呢！」

第三位太太說：「妳們都從哪兒聽來的？胡說！這傢伙搞外遇，把老婆逼瘋了，現在根本關在總醫院精神科的籠子裡。老頭兒贖罪，這才每天給送飯。」

三人不免咋舌：「外遇？跟誰呀？」「就憑他？什麼條件？」「那副長相？噁心吧！」越說聲音越大，還夾雜竊笑。趕巧，第四位太太回來了，見三位鄰居正在說笑，湊上來一問，知道是在說那老漢。

「嗐！」第四位太太使了個說書人式的感嘆，說道：「有人跟蹤他，把一切看得清清楚楚。這老漢確實每天在家中做飯，為了避人耳目，才故意走路去總醫院，到那邊之後，改搭交通車，去軍人公墓。」說到這兒，還故意停頓，使個懸念，待等三個婦人著急催問，再故意拖拖拉拉往下說：「軍人公墓有個小花園，老漢每天在花園涼亭裡，鋪好桌子，擺設飯菜，都是蔬菜水果一類，很清淡的素菜。聽好了……跟一個穿花裙子的年輕女孩兒一塊兒吃！」

婦人們不免又是一陣騷動。第四位太太壓下喧譁，續道：「突然，發現有人跟蹤偷看，那女孩兒當場變成一隻梅花鹿，跑掉了！」

延伸閱讀——《不可兒戲》

十九世紀愛爾蘭劇作家王爾德創作的喜劇。只要撒了一個謊，就需要更多謊言來掩蓋。本劇被視為浪漫主義代表名著。

蔣公遺囑

蔣公崩殂，天地動容，草木同悲。電視機陷入了無止境的黑白狀態，所有的節目都消失，只剩新聞、蔣公相關紀錄片，以及〈蔣公紀念歌〉。

新版的〈蔣公紀念歌〉太過簡單：「總統蔣公，您是人類的救星……」大概是為了大家學唱方便，藝術價值卻遠不如最初的版本：「革命實繼志中山，篤學則接武陽明。黃埔怒濤，奮墨經而耀日星……」這首詞句深奧，文學意味濃厚，段落多、變化多而且好聽。

剛滿十歲的尊正，每日穿著卡其學生制服，胸口縫著黑布條，「舉國戴孝」。得到老爸的指示，要背誦蔣公遺囑，分三段驗收，每段分次背誦完成時，可得紅色十元紙鈔一枚。通篇背誦一字不錯，可獲頒綠色鈔票一枚，面額一百元。

聰明的尊正，立即通篇背好了，反覆確認了五次，決定請老爸驗收，而且更具智慧地，先分三段，獲取了三枚紅色鈔票之後，隔天再通篇背誦，獲取綠色鈔票。

如此一來，背誦蔣公遺囑，獲利高達一百三十元。

高高興興地捧著《勝利之光》雜誌，裡面正在壓平四張鈔票，躺在床上，反覆端詳著。尊正姓陳，他的名字，都來自於老爸「尊」敬中「正」，以前看到爸爸從口袋裡掏出過一百元鈔票，自己卻從來不曾擁有過，這是有生以來的高峰呀！他目不轉睛，盯著鈔票上的頭像，心想：「蔣公一輩子也值！死了，臉還印在鈔票上。」

昏沉之間，穿著中山裝的老人家站在床頭，直指著尊正，翹著白鬍子，指責道：「背誦遺囑，應當心存正直，怎可僥倖，技術性騙取金錢？」尊正試圖坐起來，但怪的是，挺不起身、也揉不清眼？

「誰呀？為什麼假扮蔣公？不要騙我，你絕不是蔣公。」白鬍子老頭說：「我沒有說我是。」「因為你根本不是，蔣公是浙江人，跟隔壁王婆婆同鄉，講話根本聽不懂的，你國語說得太好了。」「偉人不是一般人，為了要一般人都聽得懂，偉人的國語都說得很好。」「哪有自己說自己是偉人的。」

「做人，要立志做大事，不要做大官。」老頭說：「全無聰明才力者，亦當盡一己之能力，以服一人之務，造一人之福。」尊正納悶：「這是什麼？蔣公遺囑裡沒有呀？」「因為這不是蔣公遺囑！」老頭顯然怒了：「只愛鈔票，連國父和蔣公都分不清楚！」「什麼國父？」陷入深深的昏沉……

只因為在床上耍弄鈔票，睡著了，舊鈔票順床縫掉進牆角，上面的氣味誘來了耗子。等再找著時，已被老鼠咬壞。鈔票上，「國父」的兩眼，被老鼠各咬了一個洞，乍看來，活像是故意挖開的。「毀損國幣！」老爸罵道：「絕不會換給你新的，一輩子好好留著這張挖洞的，反省！」

延伸閱讀——《伊底帕斯王》

古希臘悲劇，索弗克里斯作品。伊底帕斯印證神諭，殺父娶母。亞里斯多德以此為研究對象，寫出人類最早的戲劇理論《詩學》。

幽靈軍車

招弟是她們家第四個女兒。三個姊姊分別是湘華、淑華、渟華，明明生老三的時候就叫「停」，老四還來個女的，父親盼不來兒子，崩潰了，居然給小女兒取名招弟。可惜，他忘了自家姓「莫」，女兒名字，終究招不來弟弟。

這個不招父親喜歡的么女，十四歲出落得妖嬈異常，寬肩酥胸、蜂腰長腿，剛進了一所私立高職，偷偷削薄頭髮，格子學生裙似是短小了尺碼，能露出膝蓋以上的嫩肉。尤其一對電眼、兩片俏唇，絕無僅有的、覆隴麥田的褐黃髮色。

學校遠，公車擠，願意早起的學生，有更合意的選擇。基地的汽車大隊，每日都派交通車，前往市區接來上班的長官、雇員，下班再送回去。為了配合基地的上下班時間，於是，搭順風車上下學的學生們，就得更早出門、更晚回家，只要到管理站辦一張貼照片的乘車證，就行了。

剛換夏季服裝，招弟的白襯衫，遮不全內透的鮮豔，一抹粉紅胸色，頭上還夾著壓克力的大髮夾，只要進校門時摘下，別被教官叫過去就沒事。

開軍車的阿兵哥，學生尊稱為「班長」，故意對著最後上車的招弟呼喝：「大姊，裙子穿這麼緊，階梯都踏不上來，全車等妳一個，快遲到了！」剛巧，司機正背後的座位空著，招弟坐下，兩人一路吵……說是「拌嘴」更貼切。就這麼一拍即合，日後招弟上車，就有了專屬座位，兩人或說笑、或細語，有時也鬧彆扭，一聲不吭。總之，別人插不上話。

突然有一陣子，招弟不太來坐軍車，有人看見一個穿加工區制服的男生，騎著大摩托車，招弟短裙跨坐後座，風一吹，大腿根兒都露出來了。軍車上，還是保留著她的專屬座位。「這個位子不要坐。」班長下令，兩個已經坐下的小胖子，一臉莫名，只好起身，無奈後面已經坐滿，兩個只好站著。

一個下雨的晚上，招弟淋得濕透透，透到看得出她沒穿胸罩，搭放學回頭車，一上來，班長沒說話，把軍用夾克甩了過去，招弟大氣地披上，坐到車尾去。該下車的，都到站下車，誰也沒多注意，招弟沒下車。軍用交通車開到護城河外的空地上，避開人群，避開了軍區崗哨，就這麼停著。

當晚，好幾條巷子的村民都聽到了，有人甚至剛好在外面看到，軍車開得極快，在村裡衝刺、急轉彎、猛煞車，搞出各種特技動作以及恐怖的聲響。有人甚至聽見女生尖叫：「不要！我不要！」也有男人喊：「那就一起撞死！」最後，整車撞下護城河，像是一個過期的罐頭，連同罐裡的肉餡兒，摔成一團稀巴爛！

乃至後來，清晨五點，天剛亮，接近上學時間，村子外的幾個路口拐角，有時還會聽到呼嘯、煞車聲，停不下來的老軍車，還在衝刺。

延伸閱讀——《感天動地竇娥冤》

關漢卿曠世傑作。竇娥被栽贓，以不實罪名遭斬首，幽冥動容，六月天，降下大雪。本劇亦為元雜劇代表名著，俗稱《六月雪》。

放手

若是早晨遇見了海棠，想要和她說兩句話，她定是急忙要閃，說：「我得趕緊給兒子弄早飯吃。」

如果中午再次見到，海棠仍不得閒，快步回家，說：「中飯晚了，我兒子要挨餓了。」

傍晚總可以安心說說話吧？海棠絕對是行色匆匆，說：「糟了糟了，還沒洗米呢，兒子要餓壞了。」

妙的是，沒人見過她兒子。鄰居們試圖拼湊真相，有人說她確實有一個兒子，三年前在院裡給他洗澡，隔牆被看見了，急匆匆地抱回屋裡。有人繪聲繪影，說那兒子極度遲鈍，吃飯要人餵、穿衣要人穿、走路要人攙。有人說那兒子面容僵硬，毫無生趣。有人推算兒子的年紀，早該上小學了。海棠總說自己丈夫在外島，再有三個月就調回來了。有人提到曾經見過她先生，但大部分人沒有印象。

鄰居從來不曾真真切切與海棠好好說話，更不曾端端實實地見過她的兒子。像是一團迷霧，只將她們家獨立罩住。有人做出大膽推測：兒子早死了，海棠是在伴屍。

終於，那天她們家遭小偷。

其實不止海棠家遭小偷，是同一排的房梁，都被小偷爬通了。偷兒觀察仔細，等到連海棠這種幾乎足不出戶的人，剛好得跑一趟福利站的時間，他們下手，一個把風、兩個翻牆。從兩頭往中間爬，剛好在海棠家會合。

兩個十幾歲的猴崽子，在海棠家裡放聲怪叫！「鬼！有鬼呀！」引得外面這個也嚇哭了，引得對面的兩位老人家出門查看，三個小偷往外逃的時候，被迎面看了個清，都是市場邊上那幾家的孩子。

當天傍晚，憲兵押著三個小鬼重回犯罪現場，演示經過，三個連海棠家的院子都不敢進，只在門外嘟囔。海棠在屋裡，哭得很大聲，只聽見鄰長的媽媽不斷勸道：「真愛他，就該放手。」那帶隊的憲兵士官長裡裡外外走動，一方面對屋裡的女人不知所措，一邊又忍不住出來罵罵三個小鬼。那士官長臉皮極黑，看來不只是日頭晒的。

再看到海棠，是一個多月後了，海棠搬家，搬回臺中娘家去。一個人住在村子裡沒有盼頭，丈夫因為演習失蹤滿了一年，被判定陣亡。兒子，早在好幾年前就死了，多年來，她餵的、養的、陪的，是一具等身大的木偶。當然，案發後，也被憲兵隊管收了。

那木偶，令小偷嚇破膽的原因，據說是它自己會動、會走、會大聲喊叫。

延伸閱讀——《包待制智勘灰闌記》

李行道作品，元代北曲雜劇，是一部傑出的公案劇。親娘因為心疼而不忍用力拉拽兒子，成為著名的文化典故。

跳牆

「去！把住後面，別讓他走後門。」崔國強對兩個夥伴說。兩個理著光頭的高中生，卡其制服上衣邊角散在褲腰外面，把大盤帽往頭上一扣、夾著綠書包，二話不說地鑽進兩排連棟間的縫隙裡。

典型的眷村房子是長條形，面對面的連棟，間隔一條巷道，各家門對門、院子對院子。房子的後端很妙，尾對尾的家戶，都只隔著一道水溝，在後屋做事，反而能與後對門的鄰居聊得更好。

崔國強瞟了一眼身旁的矮個子，雖也穿著高中制服，但精瘦五短的身子有點不相稱。矮個子很有默契地眨眨眼，沒說話。

「稍微等他們一下。」崔國強說：「等他們到後門堵好，再前後夾攻。今天非踹死那個土臺客！」

崔國強濃眉大眼，遺傳自美貌的媽媽，他那個剛上國三的妹妹，更是媽媽的翻模，俏唇杏眼，細卷的髮質，無損於剪短成瓜皮型。聽兄弟傳來兩次消息，說那個小騷貨招引了省中的高一學生，放學後看見他們倆鑽進過防空洞。

最令崔國強不能忍受的，聽說那高一小子，是個臺客。

上個禮拜，他曾經偷翻妹妹的書包，找證據。在國文課本裡看到兩行鋼筆字，寫得彈跳做作，不是妹妹的筆跡，這麼兩句：「嬋娟兩鬢秋蟬翼，宛轉雙蛾遠山色。」㑚他媽膽子太大了！妹妹的名字叫國娟，敢用她的名字寫詩，還描述臉上的特徵，色膽包天！死有餘辜！哥哥這麼定了罪。

不過，這些細節，他並沒有對兄弟們說。尤其那矮個子，是上高中才認識的同學，外號叫「沙魯」，起先不知道意思，後來聽說，是日語「猴子」的意思。

崔國強沒有笑，嚴肅地沉澱，好兄弟，長得確實像猴子，這有什麼好笑？兩年多來肝膽相照，許多時候無需言語，心意相通。他曾對沙魯說：「我妹是個爛貨。若是我做主，就拿釘書機把她那裡釘起來！」沙魯皺了皺眉頭，像是因為想笑，但用皺眉掩飾了的那種表情。

不過有一件事，崔國強不知算不算是介意，自己經常想到這一點，每次卻都刻意跳過去。沙魯也是個臺客。

隔壁的博美狗汪汪叫，這有點壞事。大伙兒跟蹤小情人，不覺跟回了村子，妹妹忒也大膽，趁爸媽還沒到家的空檔，把情郎帶回家中！聽到屋內呼喝，知道後門兄弟已經堵到人，深知對方已無路可逃，一派輕鬆地逛進屋內。

就看一個壯男身影，在屋裡竄，竄到中央天井，像根兒沖天炮一般，蹭！直直地就飛出去了。沙魯身手最迅捷，跳了三下也就攀上屋簷，一臉猴疑？

四個人面面相覷，根本搞不清狀況，就讓人跑了？連對方長相都沒見著？

延伸閱讀——《西廂記》

作者王實甫。崔鶯鶯與張君瑞私情，情愛同歡、踰越禮法，帶出一連串驚喜奇情的故事。

該吃藥了

屠爸是上海人，老伴過世許多年了，無兒無女，一人獨居。

家常盆菜，屠爸信手拈來，鄰居們都嚐過的。燻魚、醬鴨、烤麩、雪菜百頁，不時還有醉蹄、醉蝦、油燜筍、燒栗子、辣椒灌肉。屠爸就一個人，菜永遠吃不完，江浙盆菜又都講究冷食，就擺在客廳飯桌上，罩上六角形的綠紗罩，防蠅蟲。串門來的鄰居掀開紗罩一角，就能自便，捏一口烤麩、夾一隻蝦。

屠爸愛小孩，大門始終敞開著，鄰家孩子們看見老頭兒在院裡，喊一聲：「屠爸爸！」他必然是高聲歡快地回應：「嗳！乖！」點心盒裡有無窮無盡的芝麻片、花生酥、綠豆糕，孩子們禮貌叫人後，總能自選一塊點心，以為回禮。

屠爸的小院子，沒有特別悉心整頓，只維持著一般整潔，但左邊一株不高的芒果、右邊一株低矮的石榴，卻十分惹眼。每年七八月，正是暑假期間，先熟芒果、再結石榴，可謂「青實紅珠」。屠爸總是大方地為孩子們採摘好，洗好，集合大家，一起品嚐……不過，由於是隨便長的，沒有照應、施肥，味道都不行。

趙家小搗蛋，會轉音變造稱謂，故意將「爸爸」唸成兩個三聲「把把」，意思等同「大便」。當小壞蛋親熱大喊：「塗把把！」的時候，會引來其他同伴的群起竊笑。這時，屠爸會假裝生氣，瞇起眼睛，癟著嘴，把食指拇指裝成鉗子，追著小孩兒，被捏到腰眼兒，挺癢的！

趙家家長見識好，教導子弟，「屠」用做姓氏的時候，發音為「禿」。趙家孩子多懂一層，就大聲喊：「禿把把！」兒童笑聲更燦爛了，都想：「把把原本沒長毛，確實是禿的。」

屠爸逗孩子時突然昏倒，好在趕緊送醫院，突發心肌梗塞，影響不大。但醫生說，那些鹹鹹、甜甜、油油的盆菜，都不可以再吃了。屠爸不理，照做，心想自己吃不了多少，做了擺著，鄰居們要吃。

趙家孩子逛到屠家來，屠爸正在瞇一會兒。孩子很懂事，躡手躡腳不出聲，自己欣賞欣賞綠紗罩下的菜，看著一盤油汪汪的茄子，紫豔豔地，很是悅目。巧了，屠爸五顏六色的藥，也放在桌上。他心想：「屠爸爸這麼皮，一定經常忘記吃藥。把藥加好在菜裡，吃菜時就吃到藥了。」順手用筷子尾壓碎了一整包淺黃色的藥片，拌在茄子裡。

殊不知，那是清血管必用的「抗凝血劑」，俗稱「滅鼠靈」，加足了劑量就成了耗子藥。

幸好屠家的灶神也勤快，全程監視著，派了一隻老耗子，上桌吃茄子，臨走時弄翻，並且順便死在桌腳，才避免了一樁意外。

延伸閱讀——《趙氏孤兒大報讐》

作者為元代戲曲家紀君祥。自己義父便是殺父仇人，趙氏孤兒報復滅門之仇。本劇在十八世紀被翻譯成法文，是第一部被譯為歐洲語文的中國戲曲。

跟蹤

「桂園小館」在村外大馬路上，原本是個老餐廳，村裡的桂花阿姨頂下店面，親自下廚，改做川味家鄉菜。這一下可不得了，一般家庭打牙祭的、軍區各單位聚餐的，都愛跑這兒來，一傳十、十傳百，「桂園」就成了眷村家常菜的名店了！

「麻婆豆腐蓋飯」和「酸辣牛肉拌麵」最為驚人，如果沒有預定，或者桂花阿姨不認識你，臨時上門想吃，就只能「蓋飯」和「拌麵」二選一，而且外帶比較快，坐下來怕座位不夠。然而這一飯一麵，倒也成了招牌，許多慕名的客人，就是衝著這兩口家鄉味而來的呢。

楊阿姨則是常客，每個禮拜四晚餐，固定上門。老家在四川的楊阿姨，對「桂園」特別捧場，據說有好幾道菜，桂花阿姨是請楊阿姨指導鑑定過的。

楊阿姨比先生小三十歲，老夫少妻，戰火下，逃難路上的忘年姻緣，鄰居們看到七十多歲的李老先生，叫「爺爺」，一轉臉看到只有四十歲的李太太，「奶奶」

卻叫不出口，自動降一個輩分，叫「阿姨」。楊阿姨同年齡的朋友們，來到李家認真論起輩分，確實得叫「伯父」，沒人敢叫「李大哥」的。

話不太多的「李爺爺」，對於老婆朋友多、出門活動多、生活樂趣多，很是吃味兒。之前就曾發生過，說好了「姊妹聚餐」，不甘寂寞的老先生，偷偷尾隨，也來到「桂園」，假裝不認識，一個人默默坐在角落，獨吃一碗「酸辣牛肉拌麵」，而且還沒帶錢，楊阿姨故意裝不認識演到底，就不付帳，還串通了桂花阿姨不可通融，讓李爺爺自己簽字賒帳。

今天楊阿姨和兩位女士同來，三人都特意打扮了，上午有個朋友女兒訂婚，幾位太太不想吃酒席，又跑來「桂園」報到了，點了「魚香茄子」、「鍋巴蝦仁」和「乾煸四季豆」。

隨之進來一位老先生，在角落的小桌獨自坐下，桂花阿姨不在，小夥計上了茶、問了點菜。

楊阿姨突然不自在起來，姊妹們的話題也有一搭沒一搭的，草草混過一頓飯，讓兩位先離開了，自己坐到老先生這桌來。確實是李爺爺，他又跟蹤老婆來餐廳了，老頭兒空對著一碗麵，一口也沒吃，抬起頭來，望著半百的妻子。楊阿姨什麼也不說，只是坐著，靜靜地坐一會兒，然後起身，把兩桌的帳都會過，慢慢往外走，老頭兒自動跟上，尾隨而去。
也是湊巧，朋友是新朋友、夥計是新夥計，沒人認識已經走了一年多的李爺爺。

延伸閱讀——《**長生殿**》

作者洪昇，清代劇作家，創意取材自白居易的長詩《長恨歌》，以及元代劇作家白樸作品《梧桐雨》。劇情描述唐明皇與楊貴妃的愛情故事。

預見

雨後，大馬路上喧騰不已。

所有的車輛都在路邊暫停、避讓，行人也暫時進入公園內或商店內，大馬路上正在「行軍」。部隊移防，看來像是從基地裡遷出，開往火車站，裝載上火車，再移往新駐點。裝著物資的軍用卡車、載著阿兵哥的卡車、拖著大砲的吉普車、拖著橡皮舟的吉普車……以及，驚人的高炮台坦克車！

計程車裡的乘客，無奈地第三百次看錶，耐不住躁動。司機從後照鏡窺伺，說了句：「演習等同作戰，只能等，沒辦法。」

乘客的煩，不止來自於停車，也為了這輛車本身：破座椅、爛地毯、髒車頂，儀表板毫無遮蔽，玻璃都破了，裸露的各種電線、散落的各種渣殼，方向盤上的陳垢，不知是司機多少汗漬、膿痰、鼻屎積累出來的？萬一等會兒要找錢，該怎麼接過從他手裡傳來的零錢？一無是處的車，計費錶倒是新的！百元計費單位的三道數字槽，外加小數點，以及後面那道會跳出五角零頭的數目字，黑底白字，保證準確無誤。

剛才從外觀上就已看出來它的頹廢，實在不該上車，但為了躲雨、也為了趕時間，今天必須讓那婆娘簽字，晚班飛機便要飛美國，新的生活、懷孕的嫩妻，已經等著他了，萬不能再被過往的錯誤牽絆。勉強忍耐一輛破車，萬沒想到，都到了眷村外頭，居然遇到部隊移防，還得在這惱人的車腹裡等更久。

太陽蒸騰著未乾的雨水，乘客搖下車窗，望向馬路對面，一牆之隔，裡面便是影劇六村。裂開的一道牆縫，看見兩個小童，男孩兒赤著腳，正在用脫下來的黃雨鞋，舀水坑裡的泥水，灌入女孩兒的紅雨鞋裡，女孩兒穿著雨鞋，甘願地被灌水，涼水激著嫩腳，笑得似三串銀鈴。

他想著：「冤家！就似這般，竹馬成了糟糠，竟不知妝容還在遠方？」對司機說：「我下車，自己走進去吧。」司機大聲勸阻：「不動！移防演習的兵跟瘋子一樣，子彈是上膛的，不定怎麼惹到他，就走火了。」說著轉過臉來，乘客看著瘆瘆可怖！這司機的左眼不存在，一個深深的大洞。這才知道，不只是車，連開車的司機都是壞掉的。司機自報家門：「手槍打掉的。」

乘客不聽勸，丟下整張百元鈔（反正也不想收他找的錢），自行開門下車。司機搖開車窗，喊道：「忍住一時，改變命運。」但卻只能瞪著僅存的單眼，看著乘客，順著最後一台坦克的尾端，趁勢衝過馬路，隨即哨音、喝斥聲大作！「啪」地一聲槍響，他宿命倒地，未中彈的右眼，瞄到牆縫內，兩個兒童驚駭的表情。

戰車履帶，繼續翻刮著路面，轟隆轟隆地遠了。

延伸閱讀——南戲《琵琶記》

元代劇作家高明作品。家鄉變故，趙五娘上京尋夫，發現夫君蔡伯喈居然早已得中狀元，且被丞相招為女婿。是傳統戲曲「負心狀元」類型之典範。

成人畫報

哥哥確定是逃家了，連兵役單位都來家交付了通緝令。柳瀚奉命燒掉所有哥哥的存書，老爸宣布：「從今而後，柳家沒有這樣的子孫，柳浩，除名！」

其實是有跡可循的，柳瀚一邊整理著、一邊還翻看，有些好玩的，不一定非燒掉吧？去年，就是因為被逼著燒漫畫，哥哥才跑掉，他就是愛看漫畫，幾乎把所有的零用錢都攬在這上頭。想著那套英文的《Fantastic Four》，投進生火的鐵桶裡，可比是Human Torch放火自焚，柳瀚覺得真可惜。

站在老爸這邊想想，哥哥確實不該，男子漢大丈夫，就算被爸爸打重了些，也不可逃家。媽媽早走了，臺灣已是舉目無親，父子三口窩聚村裡，是相依為命。想著想著眼眶熱了，柳瀚雖小，心中卻打定了主意。

看看畫報！花樣還真不少，英文電影的、日本玩具的、香港電視節目的……柳瀚聽哥哥說過，是後街的一個書攤老闆，專門向跑船的船員收購的。

突然，軟軟薄薄的一冊引起了注意，封面幾張女人照片，都是完全沒有穿衣服的！柳瀚幾乎「啊」出聲音來，雖未明講，找的就是這一本。曾經偷翻哥哥畫報，就翻過這本好幾次，少少二十幾頁，卻是精彩絕倫！照片旁邊配著疏疏兩行中文，卻看不太懂？

柳瀚已是國三，懂得緣由，這是香港畫報，配的自是廣東話。暖中帶熱的陽光，鋪蓋了整個院子，柳瀚前胸熱、後背熱、脖梗子熱、耳根子熱……胯下也熱。咦？一頁陌生的畫面？場景在一座古宅的水池畔，池中殘荷、岸旁敗柳，隨便鋪設的白茸茸獸皮臥褥上，側著一個想必之前穿古裝的女人，面容精緻、妝彩濃豔、妖氣騰騰，應是扮演女鬼。交疊著兩根赤條條的大腿，胸前掛著一塊肚兜，卻是透明的！胸前兩點，尖翹翹地將肚兜往外挺起。

柳瀚反覆看著，看盡了她身上的每一毫，覺得自己渾身酥麻，一寸都碰不得，隨便一擦一按，青春恐怕就要噴發。

啊！香港是個什麼樣的地方呀？怎可這麼放肆狂想？怎可如是癲狂行事？有一批人，居然就能成天想著這些畫面，擺弄女明星，設置場景，拍攝香豔照片，印成畫報，在大街小巷賣。啊！哥哥該不會是去了香港？柳瀚感嘆想著。

沒注意女人身後還抱她的那個漢子，一隻手探進娘們的胯下，半張臉被遮住，似在唷囑她後頸。男人肩上一個刺青勾住了柳瀚的眼光，那是哥哥的肩膀？刺的是他設計的圖案，是他自己的名字，方框框裡面一個小篆體的「浩」，柳浩的浩。

想想不合理。哥哥離家已經一年，這畫報是許多年前的舊物，是從後街買回來的，他自己怎會在書中呢！

延伸閱讀——《牡丹亭》

明代劇作家湯顯祖代表作。杜麗娘與柳夢梅的驚世傳奇，因愛而死又因愛重生。原為海鹽腔戲曲，經人改作為崑山腔演出，乃盛行，後世慣稱其為崑曲。

一對兒

「明天就要入學分班考了，你不應該再來找我說話。」朱心慈站到門外來，半掩上門，對面前的羅凱旋說：「國中功課壓力很大。」

「我只是覺得……」羅凱旋說：「前兩天沒有把話說清楚。搖頭娃娃，是畢業旅行到日月潭，我唯一買的東西。」

朱心慈料到他就是要來提這事，心頭一虛，聲量忽地降低：「我知道啊，你說過了。」

羅凱旋比起其他十二歲的少年，多出一分老氣，也剛巧，個頭開始拔高，在相對更加成熟的女同學面前，並不稚嫩。「當時在小店我就看見，妳好喜歡，卻沒有買，我就決定一定要帶回來。」朱心慈眼睛望向別處，聽羅凱旋說著心意：「老闆娘當時就說『這是同一根竹子削下來的材料，做成一對娃娃，分別畫成男女。它們自天地生成以來，從來沒有分開過。』」

「你這樣說是什麼意思？」朱心慈聽了這話，不知道為何不開心？羅凱旋鄭重地強調：「它們一直是一對兒。」朱心慈快速回應：「那就不應該拆散它們。」他們倆也是，自出生就是一對兒，原本是隔鄰，後來朱家遷往上坡，幸虧上小學，兩人剛好編在一班，六年玩伴之後，又繼續當了六年同學。

羅凱旋說：「就是希望我們一人保管一個，只要我們常常見面，它們就永遠會是一對兒。」這句話，是他在日曆紙上預先寫下，用心背過的。不想朱心慈憤憤道：「那我為什麼感覺你好像是後悔了？想要回去？送給別人的東西不能隨便要回去，很沒禮貌。」

「意思是說，妳沒有扔掉它？」羅凱旋說話時不自覺上前一步，朱心慈不由自主向後退了一步，兩人本來全無嫌猜，何以會如此？太陽一蒸，羅凱旋自己都聞到了身上的汗酸味兒，朱心慈只是後退，卻不遮鼻掩面，已算相當客氣。

「說完了嗎？」朱心慈退回門內，說：「你也該回去念書了。」羅凱旋抓住外門把，說：「請妳告訴我，男娃娃妳有收好，並沒有扔掉？」

朱心慈不說話，眼淚汪汪，她側臉揮去一把，堅定誠懇地說：「對不起，我向你承認。大前天你把它送我之後，回家來一直就放在我的桌燈下。昨天……突然不見了，怎麼找都找不到。我也不好問我媽，萬一她問起來歷，我不好說……」

羅凱旋突然有一種如釋重負的語氣：「上國中之後，我們再也不會分在同一班，我只是希望，我們不要變成不說話，我們永遠都要是好朋友，好不好？」羅凱旋說著就哭了，朱心慈早在門裡哭成瀑布了。

「這兩天，女娃娃原本單獨站在我的桌燈下。今天一早突然看見，男娃娃緊貼著女娃娃，渾身是泥巴。」羅凱旋說：「我猜是昨天，它自己回來的。」

延伸閱讀——莎士比亞《羅密歐與茱麗葉》

家族世仇之下，相愛的少男少女決定私訂終身，終於導致殉情悲劇。

白蟻

雨，是下定了，白蟻如煙霧般從屋脊鬼頭側邊噴出來，或團繞、或散飛。雷康用力吸了一口菸，噴吐出去，驅散飛到臉面的幾隻。

老房子就是這樣，木構裡早就長滿了白蟻，平時一隻兩隻，沿著土牆爬下來，不甚起眼。一旦濕熱的南風起了作用，白蟻的翅膀便會集體抽發，振作、沖天，進行一生一回的壯盛旋舞，隨著停滯的、暖熱的空氣，環繞、衝撞、穿梭。每一隻白蟻都吶喊著，用盡了生命最後的全部精力，隨著飛舞，配唱著讚歌。歌舞中，雨神降臨，將白蟻群所造成的煙幕淋熄，落地的灰燼、羽翅、屍骸沖刷盡淨，當落日最後一道餘暉鑽出將散的雨雲，晚風襲來，一切就像未曾發生過。

看似壯烈卻其實平凡的循環，犧牲的蟻眾，騰出了幼蟲的生存空間，新一代的白蟻，向著未朽盡的梁木核心繼續啃蝕。

雷康滅了菸屁股，續點了一支。感覺臉上滴著了一滴，雨就要來了。他決定繼續待在院中，等著雨水沖刷。

雷康剛剛在屋裡勒死了正在午睡的哥哥雷建。

雙胞胎兄弟，分岔點發生在初中畢業。雷建錄取進入海軍幼校，雷康輾轉進了海專，循著路子，在退伍後跑船，在遠洋船上擔任基層水手，十年間，遍遊世界港口，養成漂泊、浪漫、略帶野性的魅力，說是「海盜」個性也行。

雷建海軍官校正期班畢業，從畢業前的敦睦遠航開始，十年間也沒有幾天是在陸地上的，以船為家的人，結什麼婚？青春的娘子獨守在眷村小窗下，數著沿牆而下的白蟻？

相貌酷似的雙胞胎雷康，恰從海外回來，起了迷幻替代的作用。雷康自己照鏡子的時候，也經常納悶：「就這麼一張平凡的臉孔，在船上忙什麼？能有什麼真正的前途？都是幻覺！愚忠！」

更何況，「嫂子」肚子也大了，雙胞胎其中一人所下的種，對新生兒差別不大。雷康的如意算盤是，就當消失掉的是自己，生活下去的名字是「雷建」，太太還是太太，家還是家，一切不變，只有取而代之。

然而雷康所不知道的，哥哥並不是他照鏡子時所自以為的平凡不起眼，雷建剛收到總部的任官令，即刻出任驅逐艦艦長，黎明前就要登艦報到，誤了時辰，軍方馬上就會找來。

白蟻，飛聚一處，形成一片巨大的屏幕，雷康面對著牠們，像在對照一個等身穿衣鏡般，屏幕中照出自己的形象……毋寧說，更像是哥哥雷建。白蟻振翅、閃爍，無言地表達逝者的心思。

延伸閱讀——莎士比亞《哈姆雷特》

丹麥王子哈姆雷特發現自己父親是被叔父殺死，一連串的復仇行動。

想看

砂眼大流行，一班學生五十人，能有十幾個感染。子弟學校眼藥膏不夠發，於是以各班為單位，每天定時點眼藥。

戴榮華有天分，翻眼瞼準確迅速，於是被任命為翻眼專家，每天午休前，在兩位同學監督下，仔細洗手，擦乾後再在手指尖塗一次酒精，六年三班十幾個感染砂眼的同學在講桌前排隊，翻眼點藥，戴榮華翻同學眼瞼，雍傑點藥膏。

雍傑是班上最好動的同學，老師這次特別安排由他來為同學服務，一來消耗他的體力，二來消解平日作弄同學的恩怨。俊俏的雍傑故意板起臉孔，嚴肅地執行公務，但誰看了都想笑，尤其是他拿著尖尖的藥膏管，指向眼睛的時候，故意裝起「瘋狂怪醫」般的神情，惹得同學吱吱怪笑。

「雍傑！」真正嚴肅的戴榮華喝道：「告訴老師喔！」雍傑裝出無辜表情：「我又沒怎樣？誰像妳，幾歲了還兜尿片？」不懂事的十二歲男童，弄哭了略早長成的少女。但這小子天生一對清亮大眼，電刷般的長睫毛，搗蛋後很容易被原諒。

點到林惠芬，她的左邊鼻孔像是拴不上鈕，總在流湯，有時黃湯、有時濃湯，現在夏天還算好，只是清湯。她眼睛特細、特小，又是單眼皮，每次翻到她，戴榮華又瞇眼、又皺眉，總不能一次翻好，加上今天，被雍傑氣了，眼淚糊了視線。

雍傑剛被吼過，憋悶也無處發洩，就用尖尖的藥膏管指著林惠芬：「眼睛睜大！告訴老師喔！」

眼睛小，人家自己知道，不需要大眼睛的調皮男生一再提醒，一瞬間閃電爆發，抹了自己鼻涕，往雍傑臉上揮了一把。

有點像是刺蝟、臭鼬，雖是小動物，卻有反射防護機制，而且深知其他人不能忍受什麼，刺雖細、臭雖微，處理起來卻很棘手。往討厭的人臉上抹一把鼻涕，是林惠芬發展出來的反攻模式。同學還為這取了專有名詞，叫「北冰洋巫婆湯」。

沒想今天這一揮，把雍傑手上的藥膏管拍進了他的大眼眶裡！

好險！沒事！保健室阿姨很仔細地取出了藥膏管，只是側側地夾進上眼瞼，沒有傷到。只是一管藥膏浪費了，一大坨擠進了雍傑眼睛裡，管頭也碰到了，不能再給別人點。

因為沒事，同學就可以開雍傑的玩笑了：「你點了我們的眼藥，我們的砂眼就由你一個人負擔了。」「眼藥膏配巫婆湯，有什麼特效呀？」「想看什麼就看什麼囉！」「想看什麼哩？」「想看戴榮華三角褲什麼顏色？」

雍傑從那天起還真安靜不少，也許是嚇了一跳，變乖了？還是因為點了「北冰洋巫婆湯」，真的能想看什麼看什麼？戴榮華看見他，總是臉一紅，走了開去。

林惠芬倒是一如往常，瞇著小眼，汩汩淌著巫婆湯。

延伸閱讀——莎士比亞《仲夏夜之夢》

一齣浪漫喜劇，充滿魔法的森林裡，小精靈惡作劇，追求愛情的男女們一段奇幻遭遇。

味道

已經是第二十次洗手了，還是那股草莓味兒。

浸潤燠熱的南風，已經盤桓了好幾天，雨就是不下來。老姊妹出國看兒子，把老白貓託養在此，門窗不敢開，怕貓見縫鑽出去，不是自己家，再也回不來。那老太婆平常給貓用的是什麼香精？甜膩膩的草莓味兒，聞都覺得快招螞蟻了。

偏在此時，白阿姨的偏頭痛也犯了。

「我們剛好叫小白，住到白阿姨家來，多有緣分呀！兩位白小姐，要乖乖的啊！」白貓牠媽臨走前是這麼交代的。可那畜牲！在牠媽面前裝乖，老太婆一上飛機，這貓像是事先計畫好了一般，開始嚎叫。短聲的、長鳴的、低嗚的、尖嗥的、喘促的、慢吟的……

怪了，自己還記得吃飯？吃飯的時候停一停，刨砂盆的時候停一停，午後打盹的時候停一停，其他時候則是叫個沒完，例如白阿姨想瞇一下的時候，白阿姨夜裡該睡好覺的時候。

紗窗上摳出來的洞，只好用日曆板補了，紗門下掰開來的縫，只好用舊砧板釘了。越來越熱的天，卻越來越不透風的門窗，一台蓋在厚厚塵衣下的大同電扇，據說原本是綠色的，努力運作，邊抖邊擺，既搖頭，又點頭。

貓，坐在電扇的下風，隨著搖頭點頭，神情活像個不置可否的印度阿三，一黃一藍的兩隻眼睛，陌生人看來，直誇讚純潔慧黠，白阿姨看，實是個心機重重的陰謀份子。

進而轉念：「不就是個小動物嘛！哪有那麼心機，過度思念主人，也算是一片忠心，是個好貓啊。」白阿姨輕撫著小白，實盼望這一點討好，能換來短暫的安靜，甚或未來兩個月的平安。這玩意兒，呼嚕了幾聲，似是領受了賄賂，卻短短十秒鐘不到，感應到這不熟悉的撫觸，不來自應有的舊主，又乾嚎起來。白阿姨的手，剛好滑過畜牲的後頸，突來的憤怨，催動手掌一緊，狠甩三下，不想聽得輕輕一聲「喀」，貓頭甩斷，整隻癱軟了。

白阿姨自己也軟了，耳裡嗡嗡巨響，是因為著急害怕嗎？毋寧說，是因為再也沒有一聲貓嗥的永恆寧靜。持續幾天的偏頭痛也立刻好了。

處理掉貓屍，屋裡屋外大掃除，就是刮不掉掌中那股化學香精。白阿姨暗暗打定了主意：「反正她媽還有兩個月才回來，到時就說是牠自己跑了，一去就沒影了……但萬一這味兒去不掉怎麼辦？」

雨，終於下了，然而一下雨，手上味道卻更清晰了。

延伸閱讀——莎士比亞《馬克白》

馬克白受到女巫預言的誘導，在逐步升遷的機遇中，逐漸喪心病狂，弒君並取而代之。

說好話

「那就決定了，就是這一雙了？」女兒沒有點頭，嘟著嘴，靜默地接受了結論。老李掏出幾張綠票子，請店員打包。

「老二，該妳了。」老李像伺候妻妾、情人一般地耐煩。老二健走如飛，應是在櫃位上早選定了，快速走到，指著鞋，眼睛眨巴眨巴。

「這是便鞋呀？」老李說：「我們不是講好，要買學校穿的嗎？」「這雙學校可以穿。」老二堅決地說：「我們班好幾個同學都穿有顏色的。」這時，老大拎著自己不情願獲得的鞋，緩慢地也走到這端來了，另一手，牽著剛上小學的老三。

是的，老李三個女兒，老大開學後上初中，老二升上六年級。結婚當時已經很遲了，五十歲從鄉下娶了個小太太，小二十來歲，身體其實不好，連生了兩個女兒，有點吃不消。老李原想算了，隔了幾年，還想生個兒子的念頭又浮現起來，放膽又生老三，還是個「不帶把兒」的。可憐媽媽，耗損殆盡，生下老三，自己就走了。

老李就像是條吳郭魚爸爸，將小魚含在嘴裡養，靠著學校伙房的那一點點薪水，領著聊勝於無的教育補助，眼看三個前世小冤家，就要拉拔大了。

老天就是不打算給他充裕的時間。六十五歲屆齡退休，健康檢查說他腸子裡「有東西」，最多剩下半年。這硬漢沒讓任何一個女兒知道，只跟平常不一樣，說：「上百貨公司買新鞋。」

「說給我們買鞋，結果都是你的意見啦！」老二負氣地說：「結果大姊也是只買了上體育課的白球鞋，我想要紅皮鞋也不行！」老爸說：「再過一年，妳就要畢業了，如果腳沒有變太大，黑皮鞋上初中還能接著穿，紅皮鞋，就浪費了呀。」老李窮了一輩子，深深明瞭「一叢深色花，十戶中人賦」的道理。

眼看著店員把同款皮鞋，黑色打包，紅色的放回展示架，老二也不說話了，豆大的眼淚，串串滴溜地滑出來。

「輪到妳了。」爸爸牽起小老么的手，老三一把抽開，躲到大姊身後，不要爸爸牽。「怎麼了？」爸爸說：「要上一年級了，買新鞋呀，買雙紅的！」「偏心！」老二毫不掩飾地尖叫：「偏心！」爸爸解釋道：「她小嘛，穿不了兩三年，腳長大了，就得換。」「浪費！」又是老二：「穿我的舊鞋就可以了，我以前還不是都穿姊的舊鞋。」「好了。」爸爸制止道：「讓妹妹自己決定。」

老三低著頭，搖頭，是怕走上「被決定」的結果？還是知道了什麼？她們都沒有料想到，這應該是老爸爸最後一次給她們買鞋。

延伸閱讀——莎士比亞《李爾王》

李爾王想將國家分封給三位女兒，卻偏聽阿諛奉承，對於小女兒的正直言語感到不快，最後遭致悲慘下場。

枕頭

羅上尉被上了手銬，左右兩個憲兵，押他上了吉普車，三個人都異常地黑。兩個憲兵可能是站崗晒黑的，因此分辨不出來是不是山地部落子弟。

然而羅上尉是。他是官校正期班畢業生裡，少數的山地原住民。早年部落裡讀書不容易，子弟們難有好成績報考官校，羅上尉是羅家收養過繼來的，從小在眷村長大，隨了漢人父母姓，卻依然隨著遺傳血統，練就了一身體魄。

圍觀的媽媽們七嘴八舌：「番人果然還是有野性喔！」「乖乖嚨的咚，怎麼下得了手？」「他岳父不親手崩了他！」「有夠夭壽喔。」媽媽們雖然各有鄉音，溝通八卦卻向來是暢通無礙。

羅上尉前途一片看好，從畢業掛少尉，一天不耽誤，三年內升上上尉，派任步兵連長。結婚後分配眷舍，給了他影劇六村下坡，接近「八家將」的區段，也就是說，距離他老岳丈家最近。

死者抬出來了，是二十出頭的羅太太。圍觀的媽媽們不捨地哭了：「非我族類，其心必異！」「乖乖喲！嬌滴滴的小娘子就這麼沒有囉！」「他老丈人不是好惹的，當年是真殺過鬼子的。」「夭壽喔，正少年喲。」

是的，羅太太的父親，中將退伍，當年也是抗戰英雄。女兒和小軍官自由戀愛，老將軍的那一點芥蒂，說穿了，還是在於羅上尉的血統外貌，但是，既然小兒女的願望是真心的，老爸爸看女婿的重點，只好轉移到未來事業的發展上了。

在管理站旁的廣場，封街大宴。一場婚禮，稱得上是朱紱紫綬、白旄黃鉞，光是肩上掛著星星的人，也就坐滿了主桌。全村的鄰居，夠熟的，坐上來吃兩口菜，點頭的，敬一杯酒。就算不認識，那天路過，也就認識了！

步兵連長是沒法回家的。青春正盛的羅太太，朋友也不少，中學的同學、同學的同學，其中也不乏男男女女，於是，話就傳出來了：某某男士，單獨來他們家吃晚飯。某某男士，九點宵禁了，還在他們家。某某男士，被看見第二天天不亮從他們家出來。

助理端著一個枕頭走出來。「這就是鐵板證據！」「枕頭悶的呀？小娘子好慘噢！」「一報還一報！老將軍會親手悶死他！」「夭壽喔！正淒慘喔！」

軍法官最後從屋裡出來，倒掩上門，貼了封條。押人犯的吉普車、運遺體的四分之三*、載運人員物證的麵包車，車隊揚塵而去。

是大家的錯覺嗎？怎麼還看見羅太太嫩秀的臉龐，掛著兩行清淚，印在枕上呢？

*「四分之三」是一種軍用小卡車，類似現在的「悍馬」。

延伸閱讀——莎士比亞《奧賽羅》

黑人將軍奧賽羅聽信讒言，懷疑妻子出軌，用枕頭悶死結髮之妻。

生力麵

班長從外面進來，頂著強灌進來的風，掩上門，插好兩段插銷，再把樟木箱頂上。氣急敗壞地咒罵著：「媽的！全沒了！」

矮子慢條斯理地說道：「這麼快？全沒啦？」班長惡狠狠地瞪著他，並不說話。矮子收聲，並不往下說。

垮臉皮的傢伙不識相，偏要補問：「那……換點別的？」

班長這下炸了：「媽屄呀！聽不懂呀！全沒了！什麼意思？就是什、麼、都、沒、有、啦！」這是典型的歇斯底里，雖然他們三個都不懂這個名詞。「叫你們辦點事！」加上正要說的這回，大概算第八次發作了，班長嚎叫：「叫你買麵，買一包！叫你買蛋，買一個！你們是他媽同一個媽生的！一個胎裡來的白痴！」

風呼嘯著，所謂「中度颱風」真的登陸了，橫掃的雨，撲打窗戶，幸虧外紗窗已經化解了大部分的衝擊，不然，窗框上每一個用橡皮膏打了「叉」的玻璃片，未必都撐得住。「轟隆！」「忽打打！」「咻！」「忽打打！」

三個北方小漢聽著風聲雨聲、交伴著窗框門框的抖動聲、瓦片盆栽的摧倒破裂聲，少小離家，在島上活到快四十了，還是打著光棍，還是很怕颱風。約了一起過颱風夜，一起泡生力麵。班長說他出鍋子、出熱水，家裡還有青蔥，叫他們一個人買麵、一個人買蛋。

「班長別生氣嘛，我真以為你們都有了，只差我沒有麵。」矮子低聲下氣道。垮臉皮也趁機追著說：「我也以為就差我一個蛋。」「你他媽沒有蛋！」班長順勢又一罵，算是個句號，因為他擦著了猴標火柴，對上爐嘴，開始燒水了。

兩個衰蛋識相地閉嘴，他們很清楚老班長的脾氣，這就代表罵人結束了。

水滾後關小火，丟進麵塊，撒好粉料，慢燉一會兒，待得時機成熟，開大火，打進蛋花，速速關火，撒上額外的蔥花，便是幸福滋味。都說生力麵味精多，不好常常吃，但是，當做颱風天的安慰大餐，卻是當令應景。

雖只有兩根蔥，細細切完，卻抵得上大半碗湯麵。班長關火，並不把麵盛出來，過多的熱湯裡，可憐一坨麵、幾絲黃白蛋花，布滿表面的大把青蔥！

「先吃吧。」班長語氣平靜，但誰都聽出還有點在賭氣，誰也不敢先動。三個空碗、三雙靜置的筷子，呼呼的風聲，搭配著軋軋、轟轟的牆壁、房梁摩擦聲。牆壁竟緩緩地滲水。

三個人不由自主地站了起來，一起後退了幾步。

燭影下，牆上的滲水，逐漸匯聚成一幅圖畫，明顯的一個人形，披頭散髮、寬袍大袖、笑容可掬的男人，左手指著桌面，那一小鍋灑滿蔥花的生力麵。

延伸閱讀——莎士比亞《暴風雨》

魔法師普洛斯彼羅被弟弟陷害而與女兒困在荒島上，憤憤不平的他用魔法召喚暴風雨，恩仇相報。

沒臉見人

到了容老師家門口，尤乙玄突然覺得非常後悔。

「進來躲一躲吧。」容老師收起折疊陽傘，說道：「淋了雨，至少用毛巾擦擦頭？」

一場突如其來的陣雨，尤乙玄推著腳踏車，容老師撐起一把陽傘，兩人都淋濕了。

「我還是快回家吧。」乙玄想起，這容老師至少比自己大了十歲，剛才那樣被環摟著腰打傘，該不該勉強自己，覺得噁心呢？

雖被稱作「容老師」，但其實沒人知道她是在哪兒教什麼的。三十出頭的豔麗熟女，濕濕的髮梢貼在額上，些微不快的嘴角，說：「還以為可以為你煮個薑湯，驅驅寒。」

不知怎麼？那「為你」二字鑽進了心房，剛上高一的少年不作聲地把車推進院中。

就是一種好奇，在福利站看見容老師買了整箱的東西，二三十條毛巾、兩打黑砂糖香皂。乙玄多問了一聲：「需要幫忙搬嗎？」直至此刻，已在容家院中，正在把一箱毛巾肥皂搬進屋裡。

客廳景象十分詭異？四個人擠在長沙發上，排排坐。容老師一一介紹：「是我爸爸、我媽媽、我哥哥、我弟弟。」四人各自點頭，都沒有出聲。倒是內屋傳出聲響，不知是收音機還是唱機，聲音雖細小，但還是馬上聽出來，是有人用日語說話，某種廣播劇的意思。

尤乙玄心頭更緊。最近才讀了一些日本鬼魅故事，其中一則就是關於一個俏麗少女，勾引男人回家。那些色鬼以為撞著豔遇，待得進入香閨，少女將人推入密室，掩門熄燈，屋裡是她過世多年的姊姊，一個亟待吸取純陽汁液的花痴乾屍。

容老師收妥毛巾，走了出來，道：「我媽要聽的，她當年念過日本書，偶爾還聽聽日文，算是一種懷念。」

乙玄這才驚覺，這家人長得好像喔！像得離奇！老人、老太婆、壯兒子、瘦兒子，四個排排坐的軀體，大小胖瘦雖不同，臉卻一模一樣？不分男女、沒有年齡，便像是轉印，還是照譜描畫上去的。且在昏暗的室內，臉上透著不自然的乾淨，仔細聞，四人都飄著淡淡黑砂糖皂香。

「他們都幹過一些見不得人的事，躲了好一陣子，最近才研究出換臉的辦法。」容老師手上捧著一個藍白條紋的毛巾，就是軍眷福利站裡賣的，最尋常的那種。

續說道：「還差一個老頭兒、一個老太太。全家人都有了新臉蛋，才好出門。」

尤乙玄驚駭不已，坐在板凳上不知所措，低頭瞧著美女送上來的濕毛巾，蒸著熱氣，中央黏糊糊一團，聞氣味，似是溶成漿的黑砂糖香皂。

「聽話，用熱毛巾敷敷臉。」容老師青眉朱唇，略帶淒楚地說：「你長得好俊，我喜歡，以後就轉印在我弟弟臉上吧。」

延伸閱讀——《長夜漫漫路迢迢》

這部自傳式作品，描述表面平和的家庭關係，從白晝晴空轉為迷霧惡夜。作者是四度獲得普立茲獎，以及諾貝爾文學獎的美國現代戲劇大師尤金·歐尼爾。

泡澡

白小姐一如其名，真白，不但白，而且噴香。白小姐的漂亮，超乎一般人的見識，都說逃難來的，哪有這麼會打扮的？一定跟過往的出身有關，有說是霞飛路陪人跳舞的，有說是秦淮河畔唱小曲兒的，還有說根本是八大胡同的。都是吃不著大棗兒嫌蟲爬。

還有一個原因，是嫉妒小柯。小柯的老婆就漂亮，剛上四十，沒聽說病，怎麼就走了？老婆的姊姊來奔喪，大夥兒才見識到美人的家族血緣。令人嫉妒的是，這白小姐怎麼就住下了？也不矜持、也不避嫌，送走了妹妹，索性就在妹夫家住下了。

白小姐的頭髮梳得精緻，梳總、分流、不跳絲。衣裳、配件搭配雅緻，質料、配色顯然用心。皮膚保養細緻，薄施脂粉，就那麼明豔可人。五官眉眼標緻……天生的，無可挑剔。

然而小柯也不過就是個貌不驚人的傢伙，江蘇人，自有一股南方才子的秀氣，上尉退下來，轉軍區聘員，下了班跑步、打球，一頭汗、一臉好精神，不太笑，話也不多，平凡得不得了的男人嘛。

老聽到他們家浴室在放水，嘩啦嘩啦的，定是放了滿盆子，再下去泡澡，泡泡涼了，還放第二池。不時傳出歌聲，有〈天涯歌女〉、也有〈何日君再來〉，興致來了，還混上幾句〈只要為你活一天〉。放掉的水流進後巷子的小溝裡，都是帶著浮泡的白濁皂水。

相熟的哥們兒向小柯打探，據本人說法，他們玉潔冰清，並未逾矩。眾人不免大呼可惜！都道小柯不懂把握時機，所謂「明朝風起應吹盡，夜惜衰紅把火看」，一天早上，鄰人們看見小柯大包小包地出門，探知他北上出差，大家決定，「看看」都好。

村子本不是叢林，但也豢養出野獸，畜牲同時扮演獵人，簡直亂套。也不用翻牆、也不用挖窗，小柯前腳出門，幾個好事者就探好了路線，從緊隔壁的中段天井，可以直窺浴室透氣窗！時間差不多，天也黑了，聽到放水聲。幾個男人無聲聚首，關了燈，假裝沒人在家。

傳出了歌聲，今天唱的是〈我只在乎你〉：「人生幾何能夠得到知己，失去生命的力量也不可惜……」幾個畜牲輪番窺伺，都看到了……都被白小姐看到了，她不慌不忙，將自己慢慢沉入澡盆，融化掉了！化在水中，一放水，隨著泡沫，一起從排水管流掉了。

之後的夜裡，總還是聽見汩汩不絕的流水聲。

延伸閱讀——**《慾望街車》**

二十世紀美國劇作家田納西．威廉斯作品，寫實主義名著。寄居妹妹家的孤獨憂鬱美女，與妹夫的複雜情感關係。

模範鄰長

今年的模範鄰長選拔公布了，老羅又落選。說「又」，乃因他自來就是那一排的鄰長，從未換過，但卻只選上過一次「模範」。

倒不是因為有什麼好處，純粹就是面子。老羅少說幹了二十年以上，從「小羅」開始的，擔任鄰長的第二年，就被選為模範鄰長，全村只推薦三人，到區公所開表揚大會，小羅甚至是當年獲獎者最年輕的，還特別在大會中被提出來，又領到區長、市長頒發的錦旗，棒透了！

後來，獲選三人裡再沒有小羅。他試著問過，答案是「村子大，鄰長多，大家輪流嘛。」

不是說「模範」嗎？什麼時候又必須「輪流」了呢？小羅憤憤不平。然而他自我勉勵：「當鄰長，是服務，鄰居的需要還是放在第一位。」於是，從小羅、成了羅大哥、成了羅先生，終於磨成了老羅，大家心目中，確實是位急公好義的鄰長。

外圍院牆更換紅磚，老羅爭取優先施工。門前排水溝加蓋，老羅爭取優先施工。各戶准許後段加蓋二樓，老羅爭取優先施工。結果他發現，在每年的推薦書表上，每位鄰長幾乎都是用類似的理由，來強調自己「模範」，對照之下，老羅的「政績」顯得十分一般。

而且算來算去，全村不過三十多位鄰長，每次表揚三位，照輪，每十年也該輪到一次，怎麼自己二十年來只選上一次呢？

老羅覺得，要更加積極，凸顯自己的存在。他那上國中的兒子，參加學校鼓號樂隊，打小鼓，成天兩枝鼓棒子，見著什麼都敲「嘭噠噠噠、嘭噠噠噠、嘭噠噠嘭噠噠嘭！」讓他想到一個點子。趁著推行「節約能源」主題，他請老師帶著全鼓號樂隊，到村裡遊行，舉著紅布條走了一整趟。老羅反覆思索「模範」的定義，衡量著自己絕無僅有的特殊作為，比較著他人的普通，自認為毫無疑義，當然是模範了。

不但又沒獲得表揚，還輸給剛上任不到一年的吉太太，老羅為這事特別走了一趟里民大會，質問祕書，祕書答道：「獎應該頒給前任鄰長吉先生，但吉先生半年多前過世了，吉太太繼任，等於是代領她先生的獎。」啊？模範的標準又變了？變成快要過世嗎？祕書說：「這是必須考量的，各位鄰長大多都幹了一輩子，勞苦功高，有幾位年事已高，要考量讓他們先獲得表揚。」

「活見鬼了吧！」老羅抱怨道。想想自己今年五十出頭，身體倒也沒啥毛病，若非得以「快死了」為優先考量，恐怕還有得等哩。

延伸閱讀——《**推銷員之死**》

二十世紀美國劇作家亞瑟·米勒獲得普立茲獎作品。一名資深且出色的推銷員，他自認順利的工作、美滿的家庭，似乎正在崩解。

宣布

「一個十八歲的女孩子，從五專幼保科插班大學法律系，只花了五個學期，畢業！而且考取律師執照！」老先生站在門口，宣布。

一般的鄰居早已見怪不怪。雖說眷村的生活空間緊縮，隔鄰的牆板很薄，院牆很矮，稍有風吹草動，必定傳得四鄰皆知。然而像這種出到門外，大聲宣揚家人的舉措，還是表現過頭了。又不是偶爾吵架，宣洩音量過大，卻是經常，像發表文告一般，宣揚他的女兒：「晚上都不睡覺的呀！」老先生聲音雖大，語氣中仍帶著七分的慈愛：「就是讀書、讀書。這個孩子，是又聰明、又孝順、又用功……」老先生的家門口，恰巧在寬闊巷道，是機車、腳踏車往來頻繁的路段。偶然還要經過幾輛汽車，運轉聲中，遮掩了兩句。

調皮搗蛋的孩子們，假裝不經意路過，在馬路對面來回逛，順著老先生的話語，學著相聲的捧哏，胡答腔。「我們家的教育很清楚。」「哦？」「一切自助……」

「是。」「自立……」「啊。」「自強……」「說的都是眷村的名字。」「孩子的前途，都是她自己決定的。」「多不容易。」「我常常對她說：『爸爸不能養妳一輩子，一切要靠自己努力上進。』她非常聽話，我非常欣慰。」「您別挨罵了！」通常說完這句，頑童們一哄而散。

微雨的清晨，爸爸的聲調還有三分清新：「人生的一切，都是努力換來的。」蟬鳴的午後，老父親的語句，帶著燠熱的無奈：「何苦呢？有時仔細想想，都是為了什麼呢？」昏漆的暮色中，偶爾還透著兩句微吟：「兒啊……在哪兒呀……」

鄰居們對這個「女兒」有不同的記憶。有人說：「早就嫁人了，丈夫不體面，很少回來。」有人說：「當大律師，事業忙，回不來。」還有人說：「上小學的時候就死了，過馬路在自己家前被摩托車輾過。」每次議論起，大家最後只需用方便、普及的法則理解：「這人瘋了。」但由於住在寬路邊，不常駐足門口聊天，大家也都沒把握，也就沒人保證誰一定說得對。

「妳第一次帶他回家來，我就表示過，沒有意見。」這是比較少說到的篇章，很少人聽過：「幸福掌握在妳自己手裡，這個人富貴、貧窮、健康、疾病，都是妳的命。自己要看清楚，爸爸幫不了妳，爸爸只能祝福妳。」隨即話鋒一轉：「妳也不能因此怪我呀？怪我沒意見？怪我不關心？」

究竟什麼是謊言？誰需要說謊？老先生算是說謊嗎？女兒好或不好、在或不在的謊話，嘉惠了誰？損傷了誰？謊言是掩飾了真相？還是呈現了真相？

老先生走了，門前再沒有朗讀宣言。隔天，路過的人看見，他家對面，一個穿著黑斗篷的陌生女子，在雨中站了許久。

延伸閱讀——《賣花女》

二十世紀英國劇作家蕭伯納作品，諾貝爾獎得主。一個語言教授將街頭賣花女塑造成名流淑女，並愛上她的故事。後改編成音樂劇及電影《窈窕淑女》。

不關門

徐媽媽冰果室有重大革新！裝了一對玻璃門。一人半高的落地大門，往裡推、往外拉，隨意自如，使左手、換右手，任君自便。玻璃上用藍白顏料畫了結冰的線條，看上去加倍涼爽。

凌伯伯喜歡坐在店裡看小說。凌伯伯退休了，就愛看小說，尤其酷愛古典小說，逢人便說他是《拍案驚奇》作者凌濛初的後人，姓凌的少，凌濛初何許人？不知道的多，所以隨他說，大夥兒沒怎麼在意。

那人又來了，推門進來，繞一圈，傻笑，逛蕩兩步，又推門出去，顯然是為了吹一分鐘冷氣。秋老虎比盛夏還可厭，尤其是中秋節過後，還出現三十多度的高溫，真不知算個什麼意思？冰店的冷氣，免費讓路過的鄰居吹一分鐘，老闆娘徐媽媽看得淡。

但這人有點煩！就在門外盤桓不去，隔個三分鐘，推門進來逛一圈，這裡看看、那裡摸摸，僵著一張笑臉。四十出頭的年紀，據說最近老媽也走了，眷管處下了通牒，限期遷出，這個賴在家裡的啃老男，面對掃地出門，神經不正常了。或許是依戀父母太深，住在左近的鄰居們說，雖然房裡只有他一人，但總還聽見他模擬父母叫喚、對話的聲響。他在冰店裡逛完一圈，出去時把門向裡拉開到底，故意就讓門敞著。

凌伯伯案頭一本薄薄的《郁離子》，一則一則耐人尋味的小故事，正適合慢讀、咀嚼。一會兒一股熱浪，可煩死了！起初，凌伯伯頂著讀書人的優雅，你開我關，只在推合玻璃門的時候，直眼盯著那笑臉男，提醒注意。

他是故意的！發現有人會專程來關門，而且顯然情緒受到干擾，笑臉男興奮起來，原本隔幾分鐘進來逛一圈，改為故意敞開門，放冷氣往外吹。徐媽媽罵了：「回家啦！冷氣要錢的！」凌伯伯闔上書冊，順勢重重拍了桌面，強力暗示「拍案」後將有「驚奇」，緩緩站起身來，像是隱逸山林的高手，即將發動前所未見的內功一般，來到敞開的玻璃門邊，直盯著在門外傻笑、扭屁股、神經兮兮的中年笑臉男。手扳門，使勁一甩！文明與野蠻的薄弱區隔，瞬間斷線。

萬沒想到，甩門的同時，笑臉男突然回身，迎向撲面而來的落地玻璃，正面看他的表情，居然也是故意的？「哐！啪啦！嘩啦啦啦啦！」凌伯伯使右手外推的那扇門，爆碎當場，聲響太大，門邊的凌伯伯、櫃台後的徐媽媽、馬路上一個停下腳踏車的先生，都呆愣在當場。

那人扎得滿身滿臉的碎玻璃，躺平在地上，臉上的血，也有汨汨流著的，也有嘩嘩噴著的，他依然嘻皮笑臉，說：「謝謝，就等這一下。」

延伸閱讀——**《動物園的故事》**

二十世紀美國劇作家阿爾比作品。一個平凡的假日，讀書人在中央公園被流浪漢騷擾，導致意外的凶殺案。

狗日子

花攤上的狗衝著郭老爹尖聲狂吠，起因是顧著花攤的胖太太剛才罵人了。

郭老爹是個乾瘦的老頭兒，拄著拐棍，靜默站在花攤一角。郭媽媽一向走得快些，進到菜場隨意買辦，總在前頭，郭老爹隨著出門動動，保持在妻子的關照範圍內。但在走動中，兩人從無互動，因此，除了老鄰居，旁人無法一眼看出來他們有關聯。

市場裡人太多，老頭兒有點後悔跟來。太太早到了，正在看幾盆多肉植物，老爹緩步抵達，不敢自己往市場內走，就在花攤一角站住。胖太太一步到位，推開郭老爹：「不要碰到我的花！」老爹反應慢，說話也不利索。胖太太搶快續說：「有病就不要出門啦！真麻煩！」郭媽媽是本省人，用閩南家鄉話對胖太太緩緩地說：「好啦，嘜擱講啦。」牽起丈夫，調頭往市場外走。

這個花攤兒是有點古怪。綜合大家的說法，有母子二人，胖胖的中年太太，還有乾瘦瘦的一個少年。胖太太總體還算正常，有時會出其不意地罵兩句，原因不外乎「碰到花」、「講價錢」、「要求送一點肥料」，就會挨上一句：「外省人真小器！」這類無聊話。那兒子就屬於不正常的了，從不與人打招呼，問個價錢，他也就指指標籤，賣出東西，收人錢，連聲謝也不說。

最妙的是，他們家應有兩條狗，一條黃狗，瘦瘦小小，一條花狗，老老肥肥。但是，胖太太顧攤時，必是小瘦黃狗立在攤旁，隨時準備吠人，兒子顧攤時，又必然是老肥花狗趴在一旁。從來沒有人同時看過母子，細心一點也已發現，從來沒有同時看到過兩條狗。

上坡的一個中學生曾經餵給瘦狗一根掉在地上的烤香腸，下一次在攤前遇到瘦少年時，居然受到「招手微笑」的待遇，搞得他莫名其妙，想不起這位同學是哪班的？太陽大了，下坡的奶奶送給胖太太一頂舊草帽遮陽，下一次在攤前，老肥狗居然撐起身子，緩擺著尾巴，來聞奶奶的腳。

兩兄弟丟球玩，一個失手，哥哥沒接到，黃黃的網球蹦蹦蹦……彈跳彈跳，經過花攤，胖太太居然歡快地去追，咬著網球回來，但收歸已有，不還給小兄弟。

是的，這個世界，只有相對的詮釋。狗撒過尿的柱子，會被牠霸為地盤。

太太牽著，郭老爹還是走得慢。胖太太還在罵，果然，關鍵話語從狗嘴漏出來了：「這幫外省的！各省亂結婚啦，雜種啦！還跑到臺灣騙女孩子啦，害人家也生下雜種啦！我們才是土地主人啦！滾回去啦！你們這些外來的狗！」

大夥竊竊議論，如果這麼不喜歡眷村人，何苦非來村裡擺攤？世界大的很，哪不能去呢？確實，這個花攤，只短短擺過幾個月，不知道什麼時候就撤走了。

延伸閱讀——《國民公敵》

十九世紀末挪威劇作家易卜生作品。醫生為保護環境，力阻開發案，卻與眾人利益思維衝突而遭受排擠，反成國民公敵。建構出現代戲劇的中產階級悲劇英雄。

星媽

「好了好了，到臺北再說了，這長途電話呢！」邢媽媽掛下電話，嘴裡還不停：「你看你大舅！拿著電話講不完的，跟他說『見面再說』，他還非講，淨是那些驢年馬月的事兒。」

邢媽媽特別為了打幾通長途電話而申請了家用座機。一個月前，他們家邢健康收到通知，合乎資格，要上臺北參加《五燈獎》初選。邢健康會唱歌，公認是村子裡最會唱歌的男生，都高中畢業了，還能飆高音，都說是邢媽媽用了祕方，護住了嗓子，使得兒子沒在變聲時轉成老粗。

上次辦聯歡晚會，邢健康就唱了一首〈王昭君〉，這首歌詞多又難、音域廣，最根結的，原只適合女聲唱。但細皮嫩肉的邢健康，飆高音唱，也很精彩。就是有些人覺得，畢竟是男生，唱這首歌有點不對路。

邢媽媽舉著一套訂做的長外套從村子口走進來，嫩嫩的藍色、鑲著銀白邊，襯衫的胸口、袖口則是配了蕾絲，滾著黑邊，配著金蔥的寬領結。沒套套子，所以大家都看見了。從小店門口過，王老闆大聲吆喝：「星媽！這是妳兒子的秀服啊？」邢媽媽假裝生氣，回道：「邢媽媽就邢媽媽，什麼『星媽』？發音不標準！」

邢健康很少出門了，就算偶爾被看到，他也是戴著墨鏡、摀著口罩、頂著一頂漁夫帽，也不跟人打招呼了。有人嚇一跳，以為他生病了？瞭解情況的人說：「我聽他媽說了，說是將來面對錄影機會多，現場燈光太強、冷氣太強，所以從現在開始就得練習，嚴格保護眼睛和喉嚨，不可以受涼。」

「這種事情邢媽媽怎麼都懂？」狀況外的鄰居又問。知情者說：「這全村都知道的呀？邢媽媽年輕的時候在電台實習的！主持過廣播節目的！後來因為嫁給邢先生，懷了邢健康，才不得不退下來的。」

大日子來了。計程車停在邢家門口，大包小包地在裝車，左鄰右舍不免圍觀，竊竊私語。終於，一個被包裹得像蠶繭的「邢健康」從家裡走出來，鄰居們鼓掌，大呼「加油」，他還來不及揮手致意，就被邢媽媽推上車。

那個星期天，全村沒有人不看《五燈獎》，像是聯播一般，完全忽略另外兩家電視台。然而很奇怪？邢健康沒露面？是一個名叫「康健馨」的女生，以一首〈王昭君〉技壓全場，登上衛冕者寶座！

大家雖然沒明說，還是很在意地收看《五燈獎》，注意了兩三個月，都沒有看見邢健康。倒是「康健馨」，一路過關斬將，以她寬廣的音域，一路殺到五度一關了，再有三集，就是五度五關大決戰，善於推論狀況的人說：「要當心，有可能在最後一刻被意外刷掉。」

延伸閱讀——《海鷗》

俄國劇作家契訶夫於十九世紀末的創作。一名沒有混出名堂的女演員，與懷才不遇青年作家的夢想與愛情。一般被視為「寫實主義」代表作之一。

睡前絮語

旅途的盡頭，是什麼呢？

試想，信步而行的尋常歲月，在一個雲淡風輕的日子裡，隨興爬上一個山頭，眺望遠方的古城，夜幕低垂，城內的燈火星星點燃，該掌燈的院落，免不了串門的匆忙。城外人家，幾許炊煙繚繞，灶上做了飯、爐上溫了酒，等著家人從田裡收工回來。日暮，是團聚的暗示。

曾經，也是院落間匆促的腳步，也是有人盼著歸返的身影。

回想起路途中，每一座山嶺、每一個城鎮、每一處茶肆、每一間庵堂、每一處泓流、每一頂蔭涼、每一餐溫飽、每一次傷病、每一群朋友、每一張臉龐。每一寸觸動的瞬間、每一句閒話家常。

這時，獨行的人，感到些微惆悵，晚風襲來，衣衫飄飄，寬袖獵獵，涼意沁入胸膛，荒山野嶺，今夜何處棲息？比不了大城市的錦帳繡床，總強過雨打山坳的驚恐慌張。獨行，瀟灑，沒有晨昏的應對，沒有出入的招呼，沒有惱人的叮嚀，也沒有枕畔的絮語纏綿。

我是山林，照看獨行的人？抑或是期待被溫柔擁抱的旅人？

那沉穩帶著笑意的聲音來了，說：「是的，這就是了。最後一次的入眠。」

你的胸膛突然一緊，兩眼放光，林木山石，像是從內燃起似地，暈染透亮。耳內的聲音忽地縮減、乃至寂滅。腳軟，側身躺進了長草叢中，隨著緩坡滾入山壑，仰著臉，再也沒有力氣爬起來，連翻身的慾望都沒有了，這一刻，只想仰望。夜幕，訴說輕聲的語句。

居然從來沒有仔細看，星子在天河中碰撞、流動，看似凝結滯留，其實迅捷奔跳，在閃爍間位移。或者，生命週期過於短促的夏蟲，覺察不了冰的變異。我在仰望？抑或俯瞰？又或者，只是碰撞時擦出的一絲靜電？我是星群、河漢，是包容一切的宇宙。

想一想親人朋友，在世界上另一個角落會盼著你的人，他將永遠失去你的訊息，仍然在短促生命中的每一個急切日子裡，盼著你突然現身。

試設當年不曾遠行，也就不必離鄉背井。不顛沛江湖，不思念來處。不踏上白濤黑浪，尋不見朱門青樓。沒有出發，亦無方可回，無往無來、無去無歸。

眼皮闔起，聲音又重回耳際，蟲聲唧唧，一個促促的腳步聲趕到身旁，你聞到一股騷腥氣味。那是一隻狐狸，終於因為你的奉獻而得溫飽，因為吃了你，而能哺育巢穴裡的仔子。幽崖之狐，慎重、珍惜、崇敬，溫柔歡愉地舔著你的臉。

延伸閱讀——傳統京劇《大劈棺》

莊子詐死，變化成貴族公子，測試妻子貞潔。故事取材自《警世通言》卷二，「莊子休鼓盆成大道」，以及《莊子．至樂》。

探望

天就要亮了，楊光輝起身，說：「得走了。」

楊媽媽沒有說話。

深秋的庭院，泛著黎明前的深邃寶藍色，秋蟲唧唧，遠方野斑鳩的長鳴交替呼應。楊光輝整整野戰服，看來俐落挺拔，楊媽媽雖已知道答案，還是忍不住問道：「就穿這一件哪？變天了呢，加件衣服吧。」

楊光輝笑笑，說出那句老媽聽過了的話：「軍隊最重視的就是紀律、規定，不能按自己的冷熱加衣服，下禮拜換季，就有夾克了。」

楊媽媽總在這裡想著：「是呀，若是早一個禮拜換季，穿了夾克，不就厚一點兒，說不定……」「我們連長……」楊光輝打斷了老母的思緒，說著：「超優秀的！下一批選派到維吉尼亞受訓的就有他，數學、化學都跟我有得拚。」楊光輝清大畢業，學核子工程，受徵召擔任兩年步兵排長，計畫退伍後前往麻省理工學院深造，典型前途無量的好青年。

「我們連長。」楊光輝是獨子，似乎在軍隊裡找到了兄弟，滔滔不絕：「對小兵直好的！全連一百人，第一天，他就可以叫出每個人的名字，看著每個人的眼睛，說出他家的鄉鎮。一個月下來，每個兵的個性、特質他都瞭如指掌。每個連長都這樣，反攻大陸就有希望了。」

晨曦渲染著院裡的草木，九重葛沁了一夜的露水，整叢地發亮。楊媽媽不是不關心軍隊生活，而是有更要緊的話要問：「做點什麼給你吃？」「下次吧。」楊光輝道：「下次回來，我要吃白蘿蔔燉牛肉，要放很多胡椒、辣椒。」

他戴起小帽，單肩背起帆布公文包，拉開紗門，往前院走。陽光已斜斜穿射進來。微微有點風，把只有十幾度氣溫下的枝葉，顫顫拂動，顯得秋意濃重。楊光輝走出幾步，像是突然想起什麼，在院裡定住，一個標準軍事動作「向後轉」，立正，向老媽行了舉手禮。

楊媽媽沒有說話，隔著紗門，點了點頭，這麼多年過去，還是忍不住在這個時刻熱淚盈眶，她不想讓兒子看見了擔心。

那是演習意外，新兵手軟誤擲一顆手榴彈，掉在一整個排的隊伍裡。楊光輝排長反射動作，肉身撲了上去，四十個阿兵哥，都是十幾歲的年輕人，即時臥倒，都沒有受傷。連長受到此事牽連，拔掉了。

十五年來，總在事情發生的那個日子，楊光輝會回家來看看，老媽媽每年都盼著這一天，失去兒子很捨不得，但是曾經有過這樣的兒子，很光榮、很滿意。她想起了兒子今年的願望，換衣裳上菜場，買蘿蔔，燉牛肉。

延伸閱讀——京劇老戲《四郎探母》

楊四郎返回雁門關，探望母親，一夜間又趕回大遼的驚險故事。取材自民間說唱與通俗演義。

現出原形

她正在把粗切過的胡蘿蔔條，一條一條地擠進果菜機的洞口，隨著塑膠杵條每壓一下，「滋」的一聲，橙紅的汁液便漏下一點兒。

老公看得有點木然，說道：「買這麼一個巨大的機器，就為了壓胡蘿蔔汁呀？」老婆快速反應：「是果菜汁，什麼水果蔬菜都能打。」

中秋節的加菜金，老公原本有盤算，一台連帶卡式錄音帶播放功能的收音機、一趟日月潭。果菜汁機一買，錢不夠了。

「金老師說。」老婆道：「身體能量的調整，食物是基礎，吃進好能量，可以還原細胞。我們的身體，會呼應食物的能量，找到生命的原點。」老公噗哧地笑出聲來，心想：「這個女人書也沒念過幾年，唐詩都背不完一首，卻能頭頭是道講出這一篇？」問道：「金老師是誰？」「心靈導師，買果菜汁機送的免費課程。」老婆手上不停，繼續把胡蘿蔔條插擠進機器裡，眼看玻璃杯接滿了胡蘿蔔汁，機器出水口不規則地噴濺，把杯子、流理台都噴得紅紅點點的。不善家務的老婆，買了新玩意兒，磨合期還要一陣子。

「你不是最喜歡吃胡蘿蔔嗎？」老婆嬌嗔道。

「但是我沒喝過胡蘿蔔汁。」老公回說。

「所以囉。」老婆用抹布把玻璃杯外緣完整擦拭了一遍。「我們家的第一杯，給我最愛的老公，乾杯！陽光的能量！」老婆爽脆地說道。

看著嬌妻，老公憶起了他們的初次相遇，那是在日月潭，遊覽船的回程，大部分的遊客在文武廟下船後都不回來，窄窄的甲板上剛好只有他們兩人。暴大的太陽，炫得人發暈，女孩兒打起她的紫花陽傘，輕輕靠在陌生男人的旁邊，一時間，男人不知所措，對這突來的豔遇不知該如何消受。大方的女孩兒只輕輕說了一句：「十年修得同船渡。」

老公接過胡蘿蔔汁，看著紅潤的滿杯，對老婆說了下句：「百年修得共枕眠。」心想：「收音機先不買就是了，日月潭想辦法要去一趟。」嘴接著杯口，一口、一口，緩和長飲，仰頭而盡。

只覺得自己抖了一下，眼睛忽地發亮、發亮，直到整個世界被柔光包覆，昏暈過去之前，看見老婆的眼睛、嘴巴、鼻孔，都撐圓成誇張的「〇」。

老公變成了一隻小白兔。

老婆起初有一點不知所措，看著那對無助的紅眼珠、上下擠動的小兔唇，不禁憐惜地將他抱入懷中，說：「乖，老婆抱抱，冬天很暖，這樣的老公可以有一個。」

延伸閱讀——《白蛇傳》

二十世紀劇作家田漢，以著名民間傳說再造的戲曲創作。白蛇精化做人形，與許仙相戀，卻遭法海和尚拆散。

城樓會審

本以為，村子北端護城河所環衛的城牆，是僅存的一段，鄰居戲稱為「萬里長城」。沒想到，繞到南端，子弟學校的倉庫背後，居然也有城牆！延伸到蔓草叢中，還隱蔽著一座城門。

「再說沒有！」黑臉漢子暴喝：「你再出一個『沒』字！我就讓你『沒』！試試！」轉頭跑回牆根兒，書生座前，緩聲恭敬地報告：「爺！您別說話！讓我揍他！」那黑臉，也是矮個兒，圓眼珠子急轉得就快掉出來了。

地上跪著一個禿頭男人，五十來歲，一臉愁苦，毫無尊嚴地哀求道：「我知道錯了，饒了我罷。」「饒你？」黑矮個兒聲音又翻高了：「你欺我們城隍老爺心慈，好像要饒你，老范可不願意！老謝，你說，誣賴女子貞潔，可不可饒？」

那老謝個子奇高！一張驢長的面皮，眉角、眼角、嘴角皆向兩端下掛，活脫一幅債主面孔，兼之欠缺血色，望之生懼。這時也若有似無地「嗯」了一聲。大概那范、謝二人交情之深，能在哼哈之間互通心意。那書生穿著一襲長衫，翻閱一本紅皮簿子，仍不說話。

城門洞裡，站著富衡光，為了身體復健，晦明前快步走，已成了習慣，入秋後日出推遲，加之天陰，看見高矮黑白兩個奇形人，架著一個禿子，沿著城牆快步疾行。他當是盜賊作祟，尾隨於後，想要做個人證，沒想撞見城隍微服審案。

老范忽然說：「雪珊，站起來說話。」一個纖細的少婦原本也跪著，居然被那禿子身形遮蔽了。老范又厲聲道：「說！怎麼誣賴人家的？」那禿子囁囁嚅嚅：「我沒……」那個「沒」字一出口，老范果然如先前承諾，上去就是一腳！

老范邊說邊跳：「我幫你說！也不想想我們是幹啥的？鬼使神差！陽世人的作為看得一清二楚。人家老夫少妻，你看了眼熱，跟人丈夫咬耳朵，誣陷婦人紅杏出牆，丈夫妒心大起，嚴厲逼問，逼得人上吊了！你呀你呀！今天城隍爺是微服出巡，衙門裡的算盤太大不好帶，等我拘你回去，拿算盤珠子夾扁你！」老謝垂垮著臉，又是「嗯」的一聲。

前不多久，富衡光才出院，都說大病初癒的人，能遊走陰陽，不想今日撞見這樁奇事。富衡光認得，那女子，是隔壁巷子的雪珊，鄰居們傳了好一陣子她的事，都說是紅杏出牆，被丈夫逼得上吊了。這才知道，原來是老禿子造謠。

城隍爺闔起了紅簿子，看了老范一眼，緩緩搖搖頭，始終未出一聲。老謝倒是不同之前，「唉」了好長一聲，尖尖啞啞，很是難聽。那老范又一次暴跳：「天快亮了，先審到這裡。查你陽壽還有幾年，暫且留下。但從今日起永無寧日，我老范當夜夜來拘！叫你食不下嚥、夜無安寢，直到那日！」

延伸閱讀——京劇老戲《玉堂春》

名妓蘇三與官家子弟相愛，引發驚險陷害、生死交關的傳奇故事。原故事出於《警世通言》卷二十四，〈玉堂春落難逢夫〉。

紅糖糯米糕

奶奶個子小，坐在藤編太師椅上，兩腳搆不著地，於是，交叉著一對金蓮，擺呀擺的。兩手拍著糰子，拍呀拍的，拍成圓餅，下油鍋。

一道道鋒面接連著南下，連續好幾個雨天，終於得了一個空檔。「八街市場」的店面、攤子全開了，鄰居們大集合，不買東西的也來聊天。

油鍋，開敞見天，禁不得一點毛毛雨。奶奶側向左邊，揪起糯米糰，捏成陷窩，填上一勺紅糖，捏合口，合掌一擠，略略扁了，兩手互拍，拍圓，再側向右邊，送下鍋油炸。

大家都叫她「奶奶」，其實仔細觀察一下，她穿著藍布斜襟褂子，外襟、袖口、褲腳，都講究地環飾著深色寬邊。細細梳整的髮髻，團團簪在後腦，額子上點一顆小小珍珠，標示著她可能有的來頭。最惹眼的，是那一對前朝整治的三寸金蓮。市場裡賣的粽子，都不敢裹這麼小！看上去已過了九十歲的年紀，倒算回去……媽呀！是咸、同年間生人呀？

也就是說，抗戰期間出生的人，還能叫她「奶奶」，「臺生」一輩，都得叫「祖奶奶」。然而祖或不祖，不是重點，沒人見過她的家人，也沒人說得上她的姓氏，凡看見的時候，老太太就在那兒油炸糯米糕，彷彿沒動過，先天長在那兒似的。

油炸糕多少錢一個？大家也莫衷一是，老太太沒標價、也從沒說過數，和麵的案板子上放著一小藍白搪瓷盆兒，三毛？五毛？一塊？隨便。

那天，經過一個中年太太，走過去了又走回來，問道：「奶奶！怎麼賣？」奶奶沒見過這個女人，直接拿了兩個包在紙袋裡的，遞了上去。那位太太似是老到，從懷裡摸出一個繡囊，掏零錢。

奶奶突然大聲說話，誰也沒料到，她居然一口純正的京片子：「妳姓薛？」「我太姥姥。」女人回答：「我媽的奶奶，姓薛，您怎麼知道？」

奶奶從大襟側邊摸出一個繡囊，秋香緞面，銀線繡的枝椏，金線繡的喜鵲。說道：「我們是一條船過來的，我丈夫沒了，她在船上幫過我，給了我這個繡囊，我才能過日子。」女人問：「您是說，繡囊原來是一對？」奶奶說：「妳自己看看，這兩個喜鵲，是不是一對兒？」

女人沉吟一會兒，道：「太姥姥在我小時候就走了，二十多年了。」奶奶緩緩道：「我就想讓她知道，我很好。多等了二十年，原來她已經……」

人忽然多了起來，買好菜的、揪夥聊天的、打打鬧鬧的，隔開了奶奶與那女人。女人端著一對繡囊，看著對稱的喜鵲，不知該怎麼感應？

待等人群過去，再一抬頭……老太太呢？空等二十年，有了答案，就夠了。

延伸閱讀——《鎖麟囊》

作者翁偶虹，是二十世紀傑出的戲曲創作。兩位新娘同一天出嫁，在春秋亭避雨，貧富相遇，發展出一段饒富義氣的傳奇。

火雞擋路

女娃兒叫可欣，上四年級了，被火雞攔在巷口，回不了家。

村子裡有各種動物，貓、狗常見，而且多是自由行動。籠中鳥掛在簷下，算是情趣。會養鴿子的，鴿舍便像加蓋二樓一般，宏偉成廈。養羊的不多，總在村子邊陲。牛馬食量太大，恐怕養不起，偶有運磚瓦沙土的車輛，是牛馬拉來，村人不難見到。

雞鴨也有人養，三隻五隻的，圈在自家院子裡。最近不知道從哪家開始的？養火雞，一群總有八隻十隻，小時倒還好，唧唧啾啾的，人來了左閃右閃。羽翼一豐可就不得了，站哪兒堵哪兒，人要過，火雞們一同撐大翅尾，大呼「咕嚕咕嚕咕嚕！」

尤其是大雄雞，臉上長著鮮紅色大肉瘤，像熱化了蠟似地，流掛下來，垂在尖喙旁，「咕嚕咕嚕咕嚕！」一叫，像是恐怖片的殭屍惡鬼，膿血噴飛。

可欣意識到自己不是小小孩了，不可以凡事尖叫哭鬧，叫喚大人來解決，應該自己想點辦法，她決定繞路，兜一圈，從巷子另一頭回家。深秋本應微涼，但今年反常，一方面雨水不多，再者，不時吹發的東風，搞得萬物浮躁，可說有點兒雞犬不寧。

卻又不知是哪家的大灰鵝？飛越牆頭，據守在巷子另一頭。可欣真是急死了！但凡活物長羽的、發毛的，她一概都怕，家裡一缸金魚，是她唯一能接受的「寵物」。躲了那頭的火雞，又遭遇這頭的灰鵝，那鵝微張雙翅，大嗨一聲！腳下並無動靜。可欣靠在牆角，動也不敢動。

倒是火雞群，是本應巡哨到這頭？還是發現了「敵軍」，特意來犯？十來隻緊靠一團，活似一隊黑衣甲士，列陣、呼嘯、向前！

十一月了，牆角、土堆能有的幾撮雜草，都轉成了黃褐色。偏偏這兩天秋老虎，刮著奇幻飽滿的東風，熱悶悶的。大灰鵝廣張雙翅，低頭向前，直著長脖子，左指右指，不時發出「嗨！嗨！」的吼聲。像是個落單的披掛大將，劍戟揮舞、紫氣白光，兀自威嚇。

火雞先發！兩隻雄雞忽然朝前，「咕嚕咕嚕咕嚕！」撐繃開渾身羽翮，渾像兩名黑鎖甲前鋒，臉上肉瘤，一如槍纓飛滾，直指大灰鵝！可沒料到，灰鵝振翅而起，騰空飛撲而下，把兩個火雞，不知是踹的還是嚇的，咚咚！滾進了乾溝裡。火雞陣勢一亂，整群快跑折返，尋向巷道那頭，鑽回自家去了。

大灰鵝振翅七八下，大嗨三聲，也斂翅緩步踱開。

可欣動也沒動，站在當場，卻也早忘了怕，都被逗笑了。

延伸閱讀——京劇《霸王別姬》

齊如山根據舊本《楚漢爭》改編，一九二二年，楊小樓、梅蘭芳首演。西楚霸王項羽英雄末路的故事，出自《史記．項羽本紀》，也有明傳奇《千金記》。

小店

王老闆從玻璃罐裡掏出一顆西瓜糖，填到自己嘴裡。幾道東北季風南下，已經將時序推到深秋。開店，必須車開窗戶、敞開門，硬往裡灌的東北風，可不好受。

所謂「西瓜糖」，並沒有西瓜，而是正圓的糖球，綴著白色的經線，看似小玉西瓜皮的花樣，染成綠色的尤其像。王老闆嘬了兩口，把糖又呸了出來。

自從上坡的小店開張，裝設了透明拉門的冰箱，情況就完全不一樣了。一樣的榮冠果樂、一樣的華年達，客人怎麼就願意自己看、自己拿？王老闆的冰箱裡冰的一樣的飲料，你說、你問，只要有，專門送上！幹嘛非要自己拿呢？癮頭在哪兒呢？王老闆百思不解。

當初，他就對「自己伸手拿」的客人不以為然。買蛋的太太，自己從罐裡拿一顆酸梅，打油的老頭兒，自己從罐裡拿一片桃酥，買郵票的瘦小伙子，自己從罐裡拿一塊山楂片。

「兩毛錢。」王老闆正色道。「下回一起算吧。」客人總是這麼說，但從來沒見過誰吃到五次時，主動付過一塊錢。

王老闆瞧著那十二個鋁蓋子，有的畫著細細眼，有的畫著粗眉毛，有的畫著豬鼻子。都是王老闆用毛筆畫的，那些偏好某個罐裡零嘴的客人相貌特徵，被畫在罐蓋上，以資紀錄。

一道東北風席捲而過，幾個鬆動的鋁蓋子，被吹得在玻璃罐口磕磕作響，彷彿還在頂嘴抵賴。有意思的是，那些敢自己動手拿的鄰居，反而也就是可以跟老闆鬥嘴打趣的人。「死小鬼，已經記帳十五塊了，再不付錢，我要跟你爸爸說啦！」「王伯！我爸出敵後任務，死在那邊啦。我奶奶眼都哭瞎了，好可憐，您別告訴她。」後來，這個年輕人經常騎腳踏車，幫王老闆去批發行搬貨，想必能抵了那十五塊。至於隨之多喝的沙士，這筆新帳又算不清了。

這些過甜、加了過度香料、色素、防腐劑的零嘴，也有發霉、朽敗的一天，王老闆總是在同一個罐裡，換裝同樣的零嘴，數十年一致，不多不少，就是那十二種。一毛錢的鋁幣廢掉了，五毛錢的銅幣少人用了，這些定價兩毛錢的零嘴，實在也找不到一次出一塊錢買五個的客人。現如今，只在寒風席捲時，鋁蓋上的面容，隨著抖抖嬉笑。

誰知一個小店，也就應了那句「春風桃李花開日，秋雨梧桐葉落時」，殊堪回憶，不堪回首。

王老闆也只好舉起撣子，把十二個罐子撣上一遍。

延伸閱讀——《茶館》

中國大文豪老舍作品。從京城內的一家茶肆，進出的各階層人物言行，看時代的興衰。是二十世紀中文話劇的典範。

六口人

皮先生愛聽相聲，從廣播裡聽兩個人說相聲，把關鍵台詞背下來，一個人說兩個人的詞兒，反反覆覆像跳針：「你們家有幾口人？」「六口人。」「這頭一口是你的……」「爸爸。」「哎！」

這個段子名為〈六口人〉，包袱兒很無聊，就是騙人喊「爸爸」，順口答應，占人便宜。皮先生老把這兩句台詞反覆掛在嘴邊，他自詡最理解這個段子，理由很簡單，他們家，就是六口人，他本人，就是爸爸。

嚴格說來，他家是「六口子」，並非六口「人」。皮先生和皮太太沒有兒女，養著一隻白狗，一隻黃貓，一隻白鸚哥兒，一條黑金魚，確實六張吃飯的口。他對著白狗說〈六口人〉：「你們家有幾口人？」「六口人。」「這頭一口是你的……」「爸爸。」「哎！」白狗翻了肚子，要爸爸幫忙抓抓。

又對黃貓試說：「爸爸。」「哎！」黃貓往旁邊看了一眼，飄走了。於是，他在鸚哥兒身上狠下功夫：「爸爸，爸爸，爸爸，爸爸，爸……」彷彿這麼強灌，鸚哥兒就能學會。然而這個荒唐的畫面，在外人看來，倒像是皮先生在管鸚哥兒叫「爸爸」。沒多久，鸚哥兒死了，有人說是被嚇死的，也有人說是被煩死的。

皮先生隔著魚缸瞧瞧金魚，打消了念頭。偏偏老婆也不配合，叫習慣了「老皮」，不願意改口。所以，皮先生還有一項頂級無聊，就是別人家孩子叫「爸爸」的時候，他搶著答應：「哎！」

養成了壞習慣，聽到有人喊「爸」，他就反射動作答應。卓大爺比皮先生年齡大得多，他爸爸九十多了，皮先生也亂插嘴，差點挨揍。

鄰家孩子們抓著了這個話頭，開始作弄皮先生。張家孩子在院裡喊：「爸爸！」皮先生搶答：「哎！」孩子居然接著喊：「你放屁好臭噢！」接著，幾家孩子像是商量好似的，分別在各家院裡，張家喊：「爸爸！」皮先生答：「哎！」李家孩子接喊：「吃飯囉！」王家孩子問：「吃什麼？」李家孩子接回去：「吃大便！」

自討沒趣，皮先生不再插孩子們的嘴。他研究出來，並非什麼鸚哥都能訓練說話，像他們家之前的那隻，永遠學不會。聰明的金剛鸚鵡太貴，價格最實惠的，是八哥兒，弄來一隻羽翼剛成的小八哥兒，開始訓練。

教材，就是工工整整的〈六口人〉：「你們家有幾口人？」「六口人。」「這頭一口是你的……」「爸爸。」「哎！」
是這隻八哥兒太蠢？還是太聰明？牠就是學不會叫「爸爸」，但卻總在皮先生叫牠「爸爸」的時候，準確回答：「哎！」
聽說八哥兒很長壽。

延伸閱讀——《尋找劇作家的六個劇中人》

義大利劇作家皮蘭德婁獲得諾貝爾文學獎的關鍵作品。是「劇中劇」結構與劇場藝術「後設」美學的代表作。

蕎麥花

「妳有一次機會，再次回到生命中的任何一天。」那個沉穩聲音說道。

「我選？任何一天？」小艾遲疑著。「是的，任何一天。」聲音說。

「那一天，沒有這麼冷。」小艾回憶著：「蕎麥花開了，後山、野外的蕎麥花大盛開！像下雪一樣……」

一早醒來，媽媽已經在灶下做好了麵，是小艾最喜歡的蕎麥臊子麵，家傳口味，整粒的毛豆、切碎的香干、羊肉末兒，碼在梧桐落葉色的麵條兒上，拌上酸溜溜的陳醋，一小瓢油潑辣子。陝北娃兒天天吃個稀鬆平常，一旦離家遠行，吃不著了，就成了魂縈夢繫的牽絆。

小艾把個臊子麵吃得吸溜吸溜的。爸爸問道：「都整理好了？該出發了。」爸爸是中學校長，奉令，帶著全校學生到南方「實習」。其實內戰已經爆發，紅藍兩軍各自發揮影響力，以中學生當作補充兵源。爸爸知道這一去，無法預知回返日期，有意帶著妻女同行。

「我還是不去了。」媽媽說：「我這身子，早晚拖累你，還是在家待著，等你們回來。」

小艾的年齡還不夠，爸爸校長得用點「辦法」，讓她插班。小艾心裡想的則是「南方？該是多麼暖和的地方？有多美的花草？多美的湖光山色？」急急吃完臊子麵，把碗一推，說道：「得！走！」天生的老陝兒乾脆個性。

媽媽說：「頭髮亂了，來，媽再給妳重梳一次，紮個雙麻花。」「不要啦！」小艾把書包都背好了，說：「亂就亂了，亂了舒服。」爸爸說：「車就來了，該趕車，誤不得大隊行程。」

十二歲，哪能料到人生從此不同？哪能想像親人永遠離別？就算有人把實話預言，也不信哪！有人當面對著十二歲的人說「人生還剩十二歲」，還是不信哪！小艾遺傳了媽媽的孱弱體質，蕎麥一般，耐不到霜降，就要凋零。新婚的丈夫，喜酒宿醉未醒，燦笑的嘴角還拉不下來，就要送走蓋頭來不及撤下的新娘。

混沌中，一個沉穩的聲音提醒她，可以回顧一生中任何一天。小艾覺得，再沒有哪一天，及得上十二歲生日、離家、最後一次見到親娘、吃上一碗娘煮的臊子麵、錯過最後一次梳頭，最美的那一天。

混沌中，小艾並沒有回到陝北老家，而是仍然在影劇六村。月色下，鄰居們家家戶戶的門都敞開著，每一家的院裡、盆栽、牆頭都開滿著白色蕎麥花，極盡綻放，似是再也找不著適切的表達方式，述說專屬的青春。

正是那一句「月明蕎麥花如雪」。十二歲生日，果然是最美的一天。

延伸閱讀——《小鎮》

二十世紀美國劇作家懷爾德獲得普立茲獎的作品。故事描述一名平凡女孩的成長與戀愛。這個作品是美國中學生普遍讀過、演過的名著。

知道

從市區開回總站的公共汽車上，女孩兒總是坐在最尾端。大興注意很久了，她總在影劇六村外的那站，從後門下車，應是村裡人。但無奈，大興必須把車開回三站外的總站交接，急急騎著腳踏車趕回村子，也趕不上人家已經返進家門，尋覓不著芳跡殘影。

大興跑過幾年船，老爸走了，老媽年紀大，他下船回家，找了這份開車的工作。小時候一塊兒混的兄弟，有人開竅進軍校，有人開心北上加入堂口，也有人被開洞，做了孤魂野鬼的。大興，算是下場極好的了，但誰讓自己愛玩？好話也說不出兩句，快三十了，還交不上女朋友。

總是在擁擠人群下車散去，大興才能從後照鏡望見她，恬靜地坐在最尾端，遠看，像是穿著中學制服。「哪個學校的？」大興心想：「她的神情，同齡人少見，只出現在三十八年的老照片上，真想就這麼，用後照鏡的一方玻璃，將她存著。」

能從後照鏡看她的時候，車上沒別的乘客，也就沒剩下幾站，大興的思緒總撐不了多久，也得防備掩飾，別讓她知道了。仔細想想，從不知道她是哪站上來的？

這一天，女孩兒居然在多人下車的當口，移動座位，到了前段來。大興明明知道，卻急了，因為太近，從後照鏡反而看不見她，得回頭。但，開著車怎麼能回頭？回頭，她不就知道了？

是回應每日的攬鏡顧盼？大興盤算著，該怎麼辦？如果有機會，該說什麼？大興可不敢說話！混兄弟、跑船、開車，就是沒養出和女生說話的膽子。他心想：

「這回走到前頭來，糟了糟了，她知道了！」

到了村外的車站，並無人拉鈴，大興主動、慣性地停車，開門，卻未見有人下車？基於執掌，他必須回頭看上一看。

沒人。怎麼會？

大興可等不及，他停穩車、熄火，走到車廂後端來檢視。一個標準信封，擱在最後、最角落的座位上，沒封、沒抬頭、沒落款，內裡裝著小張硬紙片。這樣的乘客遺失物，原不該窺看，那是一張手工自製的書籤，極度簡單，切剪齊整成長條形的象牙白卡片紙，用鋼筆寫著一首白居易的詩，〈下邽莊南桃花〉：

村南無限桃花發，
唯我多情獨自來。
日暮風吹紅滿地，
無人解惜為誰開。

白詩易解，即使是不好好讀書的大興，也能自然看懂整首。花兒終將凋謝，註解了她綻放時的美麗。不再見她下車的女孩兒，之前是怎麼上車的呢？

多少年了，大興騎車回村子，還是慣性多繞一圈。

延伸閱讀——《夢幻劇》

瑞典劇作家史特林堡於二十世紀初創作。天神因陀羅的女兒下凡體驗人間百態。形式、風格鮮奇獨特，被後世稱為「開表現主義戲劇之先河」。

兩個人

內屋裡，收音機開得很大聲，是「軍中之聲」正在播出的平劇，顧正秋唱《鎖麟囊》：「春秋亭外風雨暴，何處悲聲破寂寥……」

穿著制服的軍人不得不拉高了音量：「家裡就你們兩個人嗎？」水太太不知是不是裝的，皺眉「啊？」了一聲，但隨即說：「對呀，就我們夫妻倆。」穿白襯衫的文職人員，捧著資料，退在門口，閉眼低頭，彷彿在表達對平劇咿咿呀呀的聲調極其感冒。

「我還是得當面見一下妳先生。」軍人喊。水太太說：「他病了，躺在床上，不方便。」軍人說：「按總部規定，戶口調查，必須見一見本人。我方便進去看一眼就行？」水太太就差沒拉平了兩臂攔人：「不行不行！等一分鐘，我得先問他！」返身快速鑽進內屋。

黃衣軍人轉頭看看門口的同事，白衫雇員搖搖頭，他們早在訪視別戶時聽說了水家的情況：夫妻，先生可能有六十歲，太太應該不到五十歲。水先生沉靜、冷漠，不跟鄰居打招呼。水太太溫順、熱心，對鄰居們非常親切。但很奇怪，他們從不邀請任何人進家門，仔細一想，他們夫妻總是分別出現，居然沒有人同時看見過兩個人。

廣播平劇唱到「莫不是夫郎醜難偕女貌」一句，戛然而止。聽到微微對話聲，不外乎是「真麻煩。」「看一眼就打發走。」「幹什麼非搞這一套？」「沒關係沒關係，人家也是當差嘛。」接著，聽到開抽屜、關抽屜，翻弄衣物，似是水太太幫著先生更衣。

內屋裡廣播又響了，聽到台呼：「軍中之聲，軍中廣播電台。」隨即播放歌曲：「你問我愛你有多深，我愛你有幾分……」白衫雇員警醒地一抬頭，彷彿想到了什麼？眼睛直盯著屋內。

只見水先生緩步從內屋走出，面對二人，一臉不耐煩，不發一語。燈光打得太亮，會像在純粹黑暗中一樣，什麼都看不見。一對黃衣白衫的差人，對望一眼，知趣地告辭退去。廣播正唱到「你去想一想，你去看一看，月亮代表我的心。」二人來到院外，順手闔上大門，背後只聽得廣播又報了一次台呼：「軍中之聲，軍中廣播電台。」隨即又聽唱平劇，從剛才斷掉處緊接往下：「莫不是強婚配鴉占鸞巢，叫梅香……」

白衫雇員又是一皺眉，電光般的眼神從門縫鑽回屋內，並沒看見誰。但因為他太討厭平劇，對戲詞更是一竅不通，因此也聽不出來這裡有什麼不對勁。

延伸閱讀——《四川好女人》

二十世紀中期，德國劇作家布雷希特作品，「史詩劇場」代表作。沈德是公認最好的人，但為了保持自己的好，不得不演出另一個完全對立的身分。

等待老蔣

靠近「萬里長城」和東側大圍牆的交界處，有一個大防空洞。

這只能算是第二大的，影劇六村最大的防空洞，就是「黑森林」，整個樹林子的下方是個防空洞，幾乎，下坡一百戶的人全能擠進去。

老姜帶著小薑的每日散步路線，必然走過「萬里長城」，也就必然在繞著防空洞拐彎兒。「小薑」是隻混血巴哥，淡黃色，主人姓「姜」，狗長個「薑」色，也是有緣。

老姜今天第一次發現，原來防空洞裡真有人？每天，小薑經過這兒，腳步都會不自主地放慢，對著防空洞「嗚嗚」低吼，但又不敢靠近，蹭著主人腿，急急拐過那個彎兒。到下一個拐角，才敢湊上牆角，尿。老姜今日特別煽動小薑，說：「有本事到洞口尿一次？」小薑遲疑推諉，「該該」地吠了兩聲，又彷彿想要證明，自己沒有不敢到洞口尿，大步迎上去，瞬間閃身折返，「吱吱」地尿了一路。

從洞裡走出兩個人，穿著破敗的卡其裝，一個瘦長臉，一個闊下巴。

老姜是被小薑嚇了一跳，緊接著看到這兩個尷尬人士，講話也不自在了：「你們為什麼在這兒？」進而一想：「關我屁事？問他幹嘛？」

瘦長的那個居然回答：「我們在等老蔣。」「等誰？」老姜其實聽見了這個絕對荒謬的說辭。瘦長的續說：「老蔣，他答應要帶我們打回去。」闊下巴的那個說：「我只有一個願望，就是回家。」

這年頭什麼人都有，這兩個也是時代產物，不算太離奇。老姜打趣道：「這我倒是敢肯定，老蔣，今天是不會來了。」沒想瘦長的居然追問：「他明天會來嗎？」老姜說：「那我可不知道。」心裡再罵了自己「多餘」。

六點不到，天全黑了，初冬時節的空氣好硬，老姜只披著外套，忙呼哨小薑：「回家了。」小薑衝著防空洞，「呼！」了最後一聲，表示「暫時放過你們。」

走了幾步，迎面來了一位太太，老姜面熟，識得是這條巷子，經常點頭的鄰居。「您剛才跟誰說話？」鄰居太太問。老姜答道：「防空洞裡的兩個人。」鄰居疑惑：「防空洞？上個禮拜我們這條街大掃除，剛剛清理過，裡面的雜草枯枝、亂七八糟的一把火燒了。您下回經過，還是快走兩步，遇到面生的人別理會。」

「妳確定不是有人在洞裡生火?」在老姜看來，那兩人頗有「林間暖酒燒紅葉，石上題詩掃綠苔」的境界準備，但想必不敢便生火，這麼搞，等不到老蔣，白頭翁就來了。

延伸閱讀——《等待果陀》

二十世紀法國作家貝克特，因此作品獲得諾貝爾文學獎。兩位流浪漢在等待果陀到來前的一連串對話。後世尊為荒謬主義代表作。

附身

郭班長嘴歪眼斜，舌頭外伸，像條狗一樣，跌跌撞撞地，一腳沒踏穩，向前仆倒，靠得近些的人，都說聞到熏鼻的煤油味。郭班長左右翻滾，鼻子、嘴巴同時呼氣，穢物吐了滿臉、滿身，發出嗚嗚低鳴。

眾人驚呼：「是毛澤東！毛澤東附身了！」

「毛澤東」在眷村生活中，是一個常用代名詞，舉凡可厭的、猥瑣的、噁心的人事物，當人們不知道怎麼正確描述的時候，會呼之為「毛澤東」。例如小男生故意裸露生殖器的時候，大人會驚呼：「快把小毛澤東收起來，否則剪掉！」

然而也不見得都用在負面意義上，那隻乖巧的短毛黑狗，就被大家叫做「毛澤東」。「毛澤東」顯然不是誰家的狗，老趴在管理站門口，牠老收著耳朵，略低著頭，下掛的尾巴見人就快速擺甩著，陪著笑臉，一對明亮的大眼襯在閃亮的黑毛髮中，顯得楚楚可人。

管理站給各戶發了耗子藥，集體投放，積極滅鼠。上午還歡蹦亂跳的「毛澤東」，怎麼突然不理人了？中飯也不吃？新來的幹事郭班長很機警，立刻取出備用的煤油，就往「毛澤東」嘴裡灌！「毛澤東」左右翻滾，鼻子、嘴巴同時呼氣，穢物吐了滿臉、滿身，發出嗚嗚低鳴。幸虧催吐得早，毒性還沒有完全發作。

雨接連著下，一天比一天冷了。管理站的裡門、外門、窗戶，都關得嚴嚴實實，燈還亮著。外拉門拉開，祕書小姐差點踩到趴在門口的「毛澤東」，牠照例熱情打招呼，祕書小姐這才注意到牠鼓起的大肚子：「毛澤東！你個壞蛋！肚子被搞大啦？」

嗯，忘了說，「毛澤東」是條母狗，另外還有條半長毛的淺黃色大公狗，行蹤不定，在幾個村子間穿梭，渾號「江青」。有人看見，三個月前，牠在管理站後面荒地上幹了「毛澤東」。是呀，「毛澤東」的肚子，是「江青」搞大的，這還能有錯嗎？

祕書小姐憐惜孕婦，不忍牠淋雨，把「毛澤東」請進了室內，還往裡喊了一聲：「郭班長，我把狗放進來啦。」

那天之後，寒流就來了，一連冷到了年底。也是那天之後，再也沒人看見過「毛澤東」。

大家推敲：「不會吧，狗吃錯藥是他救活的，不忍心吃吧？」「郭班長什麼來歷，都不熟，說不準呀！」「從金門退伍回來的，在那邊吃狗配高粱，習慣改不了。」「不為了吃大狗，狗胎才補呀！」

但一提起「附身」事件，大家似乎得到了答案，就都不說了。

延伸閱讀——《戀馬狂》

英國當代劇作家彼得．謝弗作品，一個癲狂少年的心靈飛馳事件。馮翊綱青年時期的特殊演出經驗，就是本劇的「馬神」。謝弗的另一傳世名著，是《阿瑪迪斯》。

炸蛋

「絕對不可以抽菸的噢！」烏龜語氣嚴峻：「隨便一個火星就完了。」阿了之所以被大家叫做「阿了」，就是這句口頭禪：「了啦！去撒你的尿啦！」

烏龜按照老爸的規定，準備去念陸軍士校，卻在即將入學前答應「露一手」。別看他那副呆樣，卻得了烏鴉大哥的真傳，是土製炸彈的高手。烏龜自創，用柯達軟片的塑膠圓筒當殼兒，裝填藥料，一手盈握，輕便好攜帶，投擲好控制。

試彈那天就一舉成名了！一狗票人離開眷村，免得爆炸引來軍方查問，遠遠跑到溪床上，眾目睽睽下，烏龜板著臉，對準了溪水迴流處的一塊巨石，強力一甩！轟！「哇肏！好響！」烏鴉大哥這麼說。烏龜面不改色，沉穩沒有表示，然而在大夥兒心中，一位新的「龜頭兒」誕生了。

名聲傳得很快，以至於大家廣收膠卷空殼兒，一股腦兒的三百多個，全到烏龜手上來了。百里之外的村子，派人傳口信來，要「驗貨」，如果合適，就要「訂貨」。大家又約在同一個溪床，烏龜把黑蓋兒的灰色小圓筒一甩！轟！「哇夯！好響！」外村的大哥也這麼說。當場下訂要六顆，不付錢，用換的，六換六，六把正規昭和軍刀。

附加條件令得烏龜沉吟了一下。外村有個叫「阿了」的，要順便學會怎麼做這款炸彈。本來，兄弟嘛，雖不是同一個村子，也該同氣連枝。但這個阿了，烏龜看他不順眼，一直抽菸！不停地抽！一根兒接一根兒！一路上，烏龜都避著他，怕火氣意外引燃。到了河床，烏龜忍不住了，要求熄滅一切火種，否則不示範，阿了唸了一句：「了啦。」才停了一根兒。

還好，材料沒有放在家裡。烏龜發現，很快就有軍方的人，在他家門口晃來晃去，說是來送軍校入學通知，順便身家調查，但烏龜很清楚，這種「綠衣監使」出現，消息恐怕是走漏了。

趁著風聲還不緊，約了阿了趕緊動工，到子弟學校的邊角儲藏室裡，點一盞小燈泡。小時候都怕黑，長大到十五六，卻陷入恐懼光明。

烏龜就想小便，再三叮嚀「不可以抽菸」，然而，阿了嘴上說「了」，其實就等著烏龜離開，好偷抽一口菸。烏龜對著草叢掏出雞巴，尿才剛開始噴，轟！「哇夯！好響！」烏龜嘟囔道，半泡尿都嚇縮了回去，急急跑回儲藏室。

阿了的龜頭倒是找到了，但兩顆懶蛋炸得不知去向，龜頭接上也沒用，而且送到醫院，還沒進手術室，失血過多，翹蛋了。

搞出這個名堂，烏龜軍校也不必去了。

延伸閱讀——《一個無政府主義者的意外死亡》

義大利諾貝爾文學獎得主達利歐·弗作品，一樁案中案所引發的案外案，極盡黑色幽默之嘲諷。

蝸牛殼

村子裡多少有些空地，包括日據時代興建，後來廢棄了的一些建物，還有牆垣、房頂的，堪能遮風避雨，難免成為「自然寄居」。

「八街市場」背後的蝸牛殼螺旋狀小聚落，就是這麼形成的。那兒，原來大概是日本人的倉庫，只有「ㄇ」字形三邊。起先，是三三兩兩的阿兵哥，出營區公務，不想太早回營，在這兒抽菸、閒磕牙。接著，是固定的老士官，三五成群，喝酒打牌。又有，是民國四十二年以前，奉軍令不准結婚，但奉天命有了孩子的、無法律保障的家庭，在此立命安身。

那些單身的、流離的、掛不上軍籍的、非住在村裡不可的，後來得到一個「就地合法」的救命令符。按照在倉庫區的多年「擺放」習慣，編門牌，由於其中一端剛好挨著三三一號，於是，整個院子就編為三三一之一、之二、之三……居然一直編到之二十三！並且，按照多年來的習慣，管這一院子，就叫「蝸牛殼」。

眷村住戶的特徵，原是軍職人員的眷屬，或軍方機構文職人員家屬。偏偏這蝸牛殼裡的人們，要麼是脫離軍隊的、要麼是毫無關聯的，卻也奧妙地勾上關係，住在眷村裡了。最初因「自然」原因出生的孩子們，也都成了合法「婚生」的眷村子弟。

總部政戰官在眷管處官僚陪伴下，特別來視察實地狀況。那政戰官是個瘦長個子，卻不顯高，是因為駝背，頸子前伸，尖鼻梁上架著厚厚的鏡片，說了好幾遍：「很臭。」聲音緩慢嘶啞，配著長相，還活像禿鷹！如此，他說「臭」，是基於嫌惡？還是喜歡？

里幹事不知是因何興起？透過廣播系統，宣布政戰官走前轉達的話：「眷管處命令，為關心眷戶，新任總司令將來村視察。抵達影劇六村時，將選擇『蝸牛殼』為訪視重點區域，請各眷戶注意環境維護。」

「蝸牛殼」的村民，極重視這等眷顧，都動起來，至全村四處搜羅，凡木料、玻璃、鐵皮、竹竿都要，置換原本年久朽壞的紙板、銹鐵、腐木。

下坡有位翁中校，管著一批過期的綠油漆，索性搬了來，「蝸牛殼」的孩子們花了一整個下午，「彩繪」自己的家園。可惜只有單色，完工以後，看不出原本畫了什麼。

為了營造幸福狀況，家家戶戶把桌椅排放到戶外，煮了餃子、切了滷菜、戰地特選高粱酒、蔣公華誕祝壽酒、杯杯盤盤地，接力擺了一院子。排演了節目，有人唱戲、有人唱歌、有人變戲法、有人說相聲，都是「不經意」地路過，要表現出人人歡樂、夜夜笙歌的生活。里幹事驗收、眷管處驗收、政戰官驗收。搞得菜全涼了、湯全冷了、餃子全乾了。總司令？到頭來並沒有出現。

政戰官說了鬼話、眷管處傳了鬼令、里幹事鬼迷心竅，害得「蝸牛殼」枯等鬼影。那總司令是什麼？「鬼」他本人？

延伸閱讀——《那一夜，我們說相聲》

賴聲川、李立群、李國修的集體即興創作，「表演工作坊」創團作品。是相聲精緻藝術化，及臺灣劇場經營事業化的開山立碑之作。

尋找柳子逸

由於不曉得「柳子逸」的年齡，不能排除可能是個少年，因此，熱心的冉媽媽陪著漂髮少女來問大聖爺。冉媽媽老練地將筊杯合十在雙掌中，咕咕噥噥唸唸有詞。漂成一頭白髮的妙齡少女，則是有樣學樣地合十，直望著神龕。

冉媽媽的先生在小蔣過世的那年也走了，講閩南話的她，一人守著眷村小房，領著半俸，專管村子內外閒雜事務，加上改建的風聲不斷，陸續有人遷出，像冉媽媽這樣在村裡住了超過半個世紀的人，所剩無幾，自然成為耆老、遺老。她非常自信，凡村中鄰居，甚至包括關係人物，沒有她說不上來的。

「這個神像好怪喲，他是誰呀？」少女口沒遮攔地問道。冉媽媽驚訝望向少女：「大聖爺呀！神明百百款，年輕人總該認識孫悟空的呀？」

村外圍著幾個傳統埤塘聚落，土地爺、觀音媽自有人拜，最意想不到的，是一座格局完整的「齊天宮」：拜齊天大聖的。雖是小說虛構人物，但五百年來傳奇深植人心，人們相信，孫大聖的火眼金睛，能幫忙協尋失蹤兒童，且調皮、本事大的美猴王，可以鎮壓「猴囝仔」。大概也是因為眷村的皮孩子太多了。

「周星馳演的？」少女望著神像，甲冑、飄帶、火焰、祥雲，幾款魔幻不自然的著色，不帶情緒地說：「電影角色也拿來拜喲？有用喲？」「妳再對著大聖爺說一遍，他叫什麼名字？」冉媽媽快速打斷，以免冒犯的言語越說越多。

「柳子逸。」「男生？」「可能是，但也可能是女生。」

冉媽媽頓了一頓，問：「男生女生都不知道？」少女說：「而且，名字也是諧音，也有可能是裘子立或游子意。」

冉媽媽想，自己這麼大年紀了，管了一輩子閒事，居然也有活見鬼的一天。

她不想這麼快承認，多管了這檔事。「有一個人，在找一個人，大家都在幫著找這個人。據說其中一個人有了線索，後來的人就開始找這個姓柳的（或是姓裘的、姓游的）。至於為什麼要找？誰也不知道。」冉媽媽七十多歲，整理思緒卻極有邏輯，就教少女。她點抖了一下白髮，「嗯」了一聲，似是表示同意。

「我看要不要把妳的名字、生辰八字告訴大聖爺，讓他幫幫妳吧！」冉媽媽倒不是幽默，是有點不耐煩了。

「我也不知道為什麼要找這個人，但據說，找到就知道為什麼了。他握有一個線索，一旦公諸於世，所有人就都能一次知道真相。」少女眼神堅定。

聽她講得這麼認真，冉媽媽也開始懷疑自己的記憶。恐怕真有那麼一段時候，有那麼幾位在村裡住過的鄰居，確實是自己不認識的？

延伸閱讀——《暗戀桃花源》

二十世紀末，賴聲川規劃主導完成的集體即興創作。兩個作品在重疊的時段擠進同一個舞台，意外化合成一齣傷感浪漫、癲狂笑鬧兼具的悲喜劇。

捨不得

管志強回到家裡，坐立難安。

不是因為陌生，這趟將近三年沒回家，屋裡的擺設卻幾乎絲毫未動，像是長在原處。也不是因為家裡亂，快過年了，經年累積的生活軌跡，各種原本可坐的椅子、凳子，甚至也有沙發，都堆滿了衣物。

老媽哭了一鼻子，是因為兩年多沒見到兒子，兒子也哭，是因為呼應老媽。坐立難安，是因為剛才給老爸上香。一進門，不孝的兒子趕緊來到老爸的遺照前叩頭，老爸剛走了一年，兒子收到電報的時候，船在南極圈，船長敦厚慈祥，也無法送小船員回鄉奔喪。

晚回家的兒子，三跪九叩，給爸爸陪罪。想起那年，爸爸收到河南老家輾轉送來的信，得知父母俱已謝世，伏地痛哭的情狀，在小院裡設了素果香案，帶著妻兒，遙拜家鄉，也是三跪九叩。管志強那時還是兒童，對不曾見過的爺爺奶奶，絲毫感受不到思念。

船在橫濱靠港，管志強買了兩顆富士大蘋果，藏在肩包底層，回到臺灣過海關的時候，拉鍊拉開就聞到香味了。檢察員吸了吸鼻子，沒說話。管志強自己說：「給老媽媽帶的日本蘋果。」檢察員眼睛瞇了一下，沒吭聲。到家，掏出蘋果，老媽可捨不得！立刻洗淨、擦亮，恭恭敬敬地，先供老爺。管志強取出兩年前在美國買的紅夾克、墨綠色雷朋飛官太陽眼鏡，也供在靈前。看著照片裡的爸爸，幾乎沒穿過的那套老西裝，土土的紅領帶，很不真實。

把行李搬進內屋，忙活一陣，也和老媽隔牆說著話。忽看見香爐裡線香歪了一根兒，趕緊去扶正……老爸的照片不對？怎麼換了一張穿紅夾克的？管志強直覺要找，果然！新買回來的夾克、墨鏡哩？剛剛還放在供桌上的呀？他問道：「媽，給爸買的夾克，妳收了呀？」媽說：「我沒動呀。」

所以，也就不必問照片是不是換過了，哪有隨便換靈位遺照的？管志強細細檢看照片，那眼角、嘴角、下巴的角度，第一次發覺，自己果然長得像爸爸。

他來到廚房，陪媽媽說話。媽媽正在把餡兒捲進白菜葉裡，要做兒子從小最喜歡的「熬白菜」。管志強有心事，裡外踱步，坐立難安。

船員，並不是他真正的志向，只是年輕、有體力，跑船嘛，可以長見識，可以多賺錢，代價卻是離家萬里。想想，終於有錢可以買兩樣父母喜歡的小東西，卻應驗了那句「樹欲靜」，不勝唏噓！想到此處，不禁又走回靈前。再一次看到照片，管志強淚崩，同時大笑出聲。

騷包的老爸，把墨鏡也戴上了。

延伸閱讀——《寶島一村》

王偉忠口述故事，賴聲川規劃完成的集體創作劇本。記錄二戰後最特殊的生活聚落「眷村」，人心、人情的點點滴滴。是歷久不衰、經常上演的劇目。

一個人的江山

張家和李家也不說話了，不僅是大人彼此間不打招呼，孩子們也不一塊兒玩。這是繼白、孟、周、莊幾家後，這條巷子又加入「不來往」主義的兩家，再搞下去，整條巷子的人，就互不相認了。

哀婆婆和苑奶奶是幾十年的老姊妹，這個狀況看在眼裡，很是擔憂。「老鄰居了，都不講話怎麼好？」「遠親不如近鄰，村子好，好的就是鄰居。」

兩位老人家心思很一致。太陽雖大，倒有點兒風，兩個灰髮老人擠在一個門樓子下，掩著門，拉高了領子揣著手，站著聊，卻不進屋，彷彿這麼著才有隨性的調調。

「當初是為什麼？」哀婆婆問。苑奶奶還真知道：「張家一直說自家是上海人，跟李家特別親。」哀婆婆說：「李家的的確確是上海人呀。」她說「的的確確」的時候還故意說成「滴滴蔻蔻」，以上海腔來強調。「但是。」苑奶奶話鋒一轉：「最近說溜嘴了，張家是逃難的時候住在上海，他們根本是江北人。」哀婆婆道：「哎呀！江北不也是江蘇嘛！一樣的嘛！」

「我的老大姊呀！說得對呀！」苑奶奶道：「一個村子，三百家人，是多少省分來的？又各屬多少鄉里村寨？一家家分，大家只好閉門不出、各不往來，最後穩坐一個人的江山。村子好，好在萬姓一家。」「說得太對了，老妹子。」哀婆婆道：「我死老頭姓『哀』，妳們家老爺姓『苑』，都不是大戶人家，幸虧我們兩家親近，就算十分『哀苑』，也是一起『哀苑』。」哀婆婆還故意使了幽默。

苑奶奶往哀婆婆又湊近了些，說：「饒舌鬼作祟。」「什麼？」哀婆婆想要確定自己沒聽錯。「饒舌鬼。」苑奶奶加強語氣：「每隔二、三十年，大家生活穩定了，有心思，想要聽點別人家的閒事，饒舌鬼就會登場。或者在街頭，或者在家戶之間，又或者利用報紙、廣播，傳遞荒唐訊息，引發大家話題，小題大做。您回想一下，這幾十年來的大事，哪一樁在開始的時候，不是芝麻綠豆的小事？」

風小了些，苑奶奶靠得太近，口臭有點熏到哀婆婆。「別這麼親熱，老妹子，一會兒給人看到，還以為咱們怎麼了。」「別老呀老的，我這才剛七十呢。」苑奶奶道。哀婆婆說：「誰先開始的？我也就大妳兩歲，還比妳晚出嫁，怎麼就『老』大姊了？」「哎呀老大姊，這不是尊敬您嘛！」「還老？叫妳不說老，妳故意說呀？」

哀婆婆說著，往後退一步，「哐」的一聲甩上門。「幹什麼！」苑奶奶大喊：「摔我們家門幹什麼！」

「搞錯了嘛！同一次叫人來做的，都一個樣，我還以為是我家哩！」咚咚咚，哀婆婆碎步走回斜對面自己家，又「哐」的一聲甩上了她家的門。

她倆，也不說話了。

延伸閱讀——《東廠僅一位》

馮翊綱創作的喜劇。假設在明朝滅亡後，東廠持續而祕密存在著，僅僅只有一位廠公，刻板死硬地堅持生存方式，藉以諷刺時政。

摸屁股

「誰摸我屁股！」大德兒喝斥。兩手同時揮舞，拍向左右屁股。

倒不是因為他的「德兒」有多大，只因為名字裡帶著「德」字，朋友口中，就成了「大德兒」，有這款渾號的男子，村裡總有幾個。

約了朋友回村子喝酒。這兩年，各村陸續在拆，影劇六村的人大部分都散了，剩下少數幾家開店的，撐著店面，削點銀*。也有人根本是來吃豆腐，原本跟眷村毫無關聯，卻在這時打起旗號，賣「眷村菜」。

這家酸菜白肉鍋便是。若問起老鄰居，他是何時在這兒賣起鍋子的？沒人說得上來。但，又上哪兒去問誰呢？大德兒不是影劇六村人，只是聽人說過此地種種，帶了兩個棒槌一道，肉、菜沒吃兩口，高粱已經搬完一瓶，有點搬高了。

* 眷村黑話，意為「揩油，收點錢」。

問了公共廁所的方向，顛顛躂躂地獨自前往。感覺上只拐了一個彎就到了，水泥大房殼，走進去……哇！最近有人來彩繪過呀！一長排的廁間，或被敷裹、或被噴塗、或被刷點，顏色、線條、人物、車船，占滿了每一寸牆、柱、角、縫。更不可理解的是，居然飄出陣陣嬉鬧聲，男男女女……

大德兒頑心躍起，想著：「好呀！名不虛傳，這村子的廁所果真是出色的熱鬧！」他仗著自己住過幾天眷村，深諳「夜不閉戶」的風格，家家戶戶的門，隨推隨開，張嘴叫人，都能有求必應。於是，看到門就推開，每扇門都被他推得呼搧呼搧，順口喊道：「怎麼了？都有人呀？每間都有人呀？」

被他一攪，原本歡愉的嬉鬧聲戛然而止，每扇門裡走出了幾個人，或冠帶、或袍袖、或朝方，斂起面容，待等大德兒的切口。哪知，此人搬穿了，理智完全斷線，直述：「看屁呀！我要撇大條！」

眾人大呼「貴人」！紛紛上前呈報名號，自稱「魏國使臣」、「蜀國使臣」、「吳國使臣」。大德兒忽然心頭大亮，歡呼道：「這麼有限呀！配得剛剛好哩！魏蜀吳哩！」三個侍女為他除了褲子，三個力士端來鋪著圓形軟墊的金桶，上面架著扶手靠背，三位身著華服的「使臣」，扶貴人坐下。大家取出了彩球、飄帶、羽扇，圍著貴人熱鬧起舞。

「貴人」還問哩：「屎塵？什麼屎塵？拉出的屎，化做了灰塵？哎！幹什麼？服侍歸服侍，不要亂摸我屁股！」

天快亮的時候他被酒友們找到，在早已廢棄的公共廁所裡，脫了褲子、光著屁股，端坐在一個座席漏空的椅架子上，掛大念！完全睡著。拉了一地的稀大便，滿屁股滿腿，被蚊子、臭蟲、跳蚤……以及其他不知名的蟲子咬滿了紅腫的包。

延伸閱讀——《戰國廁》

馮翊綱仿相聲對話模式創作的喜劇。表面上描述一個虛構的眷村生活，實則以荒謬、戲謔的態度，反諷古代中國王朝的興衰。

綠豆丸子

邴爺賣饅頭。不是「餅」爺嗎？幹嘛不賣餅呢？人家姓著一個不常見的姓氏。邴爺推著巨大的腳踏車，貨架上穩穩綑著一個木頭箱子，漆成白色，箱蓋打開，裡面鋪蓋著厚厚的棉被，以保溫度。黃白黃白的饅頭，三角形的豆沙包。

邴爺岔樣兒，每隔幾天，突然一天不賣饅頭，賣綠豆丸子。可受歡迎了！油炸的小丸子，裡面摻風乾的碎饅頭，口感特別鬆彈。買回家做湯、醬炒都適合，小朋友特愛抓了直接吃，綠豆泥混著打碎的蔥、蒜、香菜，比五香乖乖還耐嚼。

邴爺車頭掛著樣貌不凡的大銅鈴，比起學校下課搖的手鈴要瘦長些，鈴舌也長，是木頭的，搖出聲響偏悶，不是「叮噹叮噹」，而有點類似「咕咚咕咚」。有人問過，邴爺說那是祖傳留下，從老家帶出來的，叫「木鐸」。

邴爺在大榕樹下支穩了車，取下木鐸，拆下鈴舌，搗搗裡頭、敲敲外頭，發出一連串「空隆咚哐、哐咕隆咚、隆咚隆咚哐」的節拍，活像是快書藝人那般，扯開嗓子，大唱：「綠豆……丸……子……」又是一陣鑼響，人們的興致也被敲高了，有那竊語的：「好會喲，賣個綠豆丸子也搗弄。」邴爺沒聽見那風涼話，開唱了。

（隆咚隆咚哐！）

莫入朱門……不羨青樓……

邀飲青竹酒……相對笑白頭……

（隆咚隆咚哐！）

兄弟親……父母親……

世間難得朋友心……羊角哀捨命全交情……

故友一去難再逢……俞伯牙摔琴謝知音……

（隆咚隆咚哐！）

男歡女愛實平常……誰不豔羨女紅妝……

情郎肚腸有別樣……徒然空自把心傷……

金玉奴棒打薄情郎……杜十娘怒沉百寶箱……

（隆咚隆咚哐！）

這麼一唱，經過的人自然聚集過來。聽了痛快喝彩之外，不忘買上一袋。沒買的，既然願意聽上一段，就是捧場，邴爺奉送，都能白吃幾顆新鮮的綠豆丸子。

都說邴爺唱得好，該上電視表演，有人建議為他報名，參加《五燈獎》，也有人說不妥：「面對每一集的挑戰者，來來回回唱的都是同一段，怎麼撐到五度五關？」

延伸閱讀——《賣橘子的》

馮翊綱創作的喜劇。從劉伯溫名篇〈賣柑者言〉獲得靈感，通過將古典散文、小說篇章段落的拆解再造，對當世人們的學習態度進行諷喻。

座上賓

在國外吃一家飯館兒，那是一家「無菜單料理」，這家飯館兒的老闆就是主廚，針對每一位食客設計菜單，每天只有三個席位，沒有預訂，根本進不去。也是湊巧，有人取消訂位，我遞補了。

三張桌子，各擺好一把椅子，一橫排，我坐在中間。左邊，坐著一個瘦乾巴的老頭兒。右邊，是一個肥滋滋的胖子，鼻頭油光光。在這兒吃飯，不准自己動手，客人的兩手都綑在椅子扶手上，每桌派一個小姑娘，由她來餵你吃。

上菜，我的面前，擺了滿滿一桌，有紅燒肉、糖醋魚、炸排骨、醬牛肉、蒸螃蟹、老鴨湯，以及一壺燙好的白酒。

突然，胖子大喊一聲：「我要喫茶！」可是他身邊的小姑娘像沒聽到似地，一聲不吭。左邊的小姑娘問瘦老頭：「叫什麼名字？」瘦老頭像是沒聽懂：「啊？」「叫什麼名字？」「我？叫什麼名字？」小姑娘端起飯盆兒，說：「吃飯了。」老頭說：「我不要吃飯。」「你不吃飯，老婆就不接你回家！」「我不要仇家。」「什麼仇家？回家！你好好吃飯，老婆給你買獎品。」「我不要羊皮！」

我瞧瞧站在身旁的小姑娘，用眼神指了指紅燒肉。小姑娘從大碗裡夾起一根切好的小黃瓜條，問：「叫什麼名字？」我說了，她把黃瓜放進我嘴裡。嚼了嚼，三兩下就嚥下去了。又用眼神指了指蒸螃蟹。小姑娘又夾了一根黃瓜條，問：「叫什麼名字？」我又說了，她把黃瓜又塞進我嘴裡。

就在這個時候，胖子突然大喊：「我要喫茶！」他身旁的小姑娘用平緩的語氣問：「叫什麼名字？」「我要喫茶！」「問你叫什麼名字？」「我要喫茶！」「這不是你的名字。」「我口乾，我要喫茶！」「把嘴閉上就不乾了。」

想想，我也有點口乾，就看了看酒壺。身旁的小姑娘端起一個杯子，問：「叫什麼名字？」我說了，水杯湊上嘴，一喝，是白開水？

「我要喫茶！」「我不要吃飯。」「我要喫茶！」「我不要回去。」「我要喫茶！」「我不要打官司了。肯定打不贏了。請了最有名的大律師，沒用，肯定打不贏了。」

再試最後一次，堅定地看著紅燒肉，小姑娘還是同樣一句「叫什麼名字？」我說了，她餵一口黃瓜條。緩慢咀嚼著，好像有一點懂了？

「我要喫茶！」這句無意義的話反覆出現著：「來人哪！來個人哪！有沒有人

哪！綁架！我要喫茶！你們不給我喫茶，我要大便啦！」人到了這個境地，居然變得這麼卑微。我看著身旁的小姑娘，她手裡的黃瓜，她問了最後一次：「叫什麼名字？」然後把我解開，自己端著大碗吃黃瓜。吃完了，獲准離席。

往外走的時候，還聽見瘦老頭在說：「不回去了，我媽媽來了。」胖子還在大喊：「我大便啦！」

延伸閱讀——《快了快了》

馮翊綱創作的黑色幽默喜劇。三個客死異鄉的幽魂，在荒野上的對話。劇本原始素材集結成小說集《影劇六村有鬼》，以及《影劇六村活見鬼》。

習氣

女演員歷經昨夜分手談判的摧折，在鏡子前睡著了。一般有經驗的老鳥，盡量不在劇場後台睡覺，以免控制不住夢境，犯後台禁忌。即使閉眼養養精神，也會盡量避開鏡子。因為，鏡子人人照，怎知道前一個攬鏡人的心思？照了什麼驕氣、怨氣，殘留鏡上？在鏡前睡著，徘徊在幽冥陰陽分界上，陽氣衰弱，容易招攬習氣。

果然，鏡中映照出一個美豔的女子面容，喚醒年輕的女演員：「醒醒！」演員乍醒（其實未醒，而是夢中之醒），觀覽鏡中返照，居然不是自己相貌，而是去年驚傳割腕辭世的女明星。

「所以……」年輕演員壓鎮自己混雜的驚恐，問道：「妳是……鬼嗎？」

「當然不是。」明星斬釘截鐵地回應：「妳以為自己活見鬼啦？劇場後台。祖師爺香煙繚繞，戲裡的英靈藉演員皮囊重生，氣焰正盛，豈是一般鬼進得來？」她頓了一頓，抓弄了一下頭髮，甩向背後又搖搖頭，使其自然飄灑肩上。續說：「我是

習氣。」

演員不甚理解，她的情緒，交織著現實失意、夢裡驚奇，以及夢中套夢的拆解，追問：「習氣？什麼習氣？」女明星甜笑道：「妳看我像誰？」沒等回答，在對方表示心知肚明的沉吟間，公布答案：「她經常在這兒演戲，經常照這兒的鏡子，我就是她映照出來的習氣。」

演員正待緩一口氣，不想那習氣問道：「有摺疊小刀嗎？」

松島先生

瞄了一眼懷錶，還要一個鐘頭才登機，松島先生點了一碗牛肉麵，找了個桌邊的硬椅子坐下。貴賓室裡沙發多，但陷在軟綿綿的沙發裡吃麵，不舒服。

劃位的時候，航空公司說明了促銷方案，只要扣除少數的哩程紀錄，就能升等商務艙。「還是您想下一次，累積更高的哩程，兌換免費機票呢？」松島先生沒有考慮，瞬間就接受了這次的升等。日本是他唯一想去的地方，而且，高齡老人，以後還能不能自己一個人搭飛機？沒有把握。只一個多小時的飛行，到幾乎算是最近距離的福岡，搭商務艙顯得奢侈了，松島先生有點惋惜，這次怎麼不選飛北海道，四個多鐘頭，比較賺到。

九州是他抵達次數最少的地方，距離上一次，間隔有十年了。傍晚起飛、抵達、一小時時差，進到旅館房間，已是晚間九點多鐘。習慣早睡的松島先生，決定明天再說。

突然驚醒時，有一點把自己嚇到了！八點了？經常在凌晨四點半完成睡眠任務，這一覺，居然能這麼久？仔細想想，啊……四點半確實起來過，上過洗手間後，回來靠一靠，靠成一段扎實的回籠覺。這在安養中心是辦不到的。時間到了有人來喊你吃飯，時間到了有人來喊你吃藥，時間到了有人還喊你洗澡，時間沒到，也有人來盯著你大小便。進進出出、吵吵鬧鬧，一點不寂寞。

他們不懂，寂寞是必要的。

快快梳洗，趕在收攤前，得吃到飯店早餐。九州的旅館，必定會在早餐的時候，以特產「明太子」搭配白粥，這是松島太太最喜歡的東西！

氣象報告說有一道從華東延伸出來的雲雨帶，會橫越九州，各地下雨的狀況，要看太平洋高壓的強弱而定，因此，建議出門最好都要帶傘。在房間裡看著忽明忽暗的天象，他拿不準主意該不該出門？

「要下雨，就痛痛快快下，下過了我好出門。」

島國的人有一種老練，夏季的雨，一旦過境，便煙消雲散，接續而來的，是舒爽易入眠的晚上，和另一個清涼好散步的早晨。他期待的是這個。

另一方面，松島先生沒有帶傘，也不想向飯店借用上面印著字號的公用傘。於是他穿戴整齊，套好了鞋，備好了拐杖，端著草帽，坐在旅館大廳等雨。

雨可就一直沒下，時間，卻已是下午兩點多。他坐不住了。想起那珂川旁的步道，沿岸而行，萬一飄雨，附近有個遮風擋雨的商店街，可以暫避。

有一回在東京，松島太太故意作弄先生，兩人一時走散，松島先生急壞了，整條商店街走去走回，幾乎鑽進了每一家店裡探頭，松島太太與他三次擦身，故意不叫住他，過度慌張的松島先生居然都沒有看見。

在一家二十四小時的拉麵店前張望了一分鐘，摸摸明太子還未消化殆盡的肚皮，松島先生決定先去走路。

川上，有年輕人駕馭水上摩托車，歡跳而過。道旁，年輕的父親正旋開水龍頭，教兩歲多的小娃兒自己洗手。遠方，凌亂的撥弦聲，沙啞的練唱嗓音召喚著聽眾。

有人將他的左手盈盈一握，他淺淺側臉，生怕太快轉頭便要驚走了她。四十歲的豐美女子，花棉布長裙，平底布鞋，跨背著淺桃紅色的帆布包，戴著有綠色飄帶的大沿草帽。

松島太太。

「說要下雨，一直不下，只好亂逛。」按照經驗，必須要說些日常瑣事，越平常瑣碎越好，一點都不特別，一切都如往常一樣。一切如常的長久，是要花好多的歲月才領悟出來的。

「早上我看見生菜沙拉，心想，我天天生菜沙拉，現在都到日本了，少吃兩天不算什麼，所以我吃了雞肉丸子。」

「還有咖哩，配了一小碗飯。」

他心虛地報告早餐，看妻子一直不說話，如實地做關鍵招供。「還有白粥，配了……明太子。就今天吃一次，明天不吃了。」

小個子的松島太太，大眼斜上瞟來，嘴角掛著微笑。空氣裡飄散著壽喜醬油的甜香，兩隻烏鴉被路人驚擾，呱呱地振翅騰去。而那路人，是個失魂的濃妝少女，不知是前晚願望落了空？還是凌晨被擺了道？看融化了的妝彩判斷，似乎從上個午夜已跌頓到現在，拖著一雙超高厚底的綁帶涼鞋，一步一顛拉，無意識地仿似江戶時代的花魁，在欠缺旁人的豔羨下獨自遊行。氣味與畫面，為八十八歲的松島先生第一百零四次「回到」日本，下了註腳。

他看了看懷錶，五點零八分。

「可以了，我們吃飯了吧？」

松島太太點點頭，挽著先生的手臂，任由他隨意走向。

「非要等到六點，人就多了，到時要排隊呢。」

說是傍晚，還算下午，博多的五點，是臺北的四點。松島先生是臺北人，只因愛戀日本，因此夫妻約定，凡是到日本時，他們便是「松島」。這並非是沒來由的。松島太太的母親，雖然沒有響應昭和年間的「皇民化」運動，但毫不排斥說日語、交日本朋友、過日本化的生活，於是給自己取了「松島」的姓氏。所以嚴格來說，松島太太從了母姓，松島先生則是冠了妻姓。

大戰期間，「滿州國」是大日本帝國的藩屬。少年時的松島先生，戰後從遼東半島移來臺灣寶島，與松島太太結婚，再一般不過。兩個漢人後代，相約在日本做短期日本人，算是文化拼貼、夫妻情趣。

偶然，一家燒肉店蹦出來。松島先生瞟了一眼看板，「伊万里黑毛和牛漢堡排」！

「我想吃這個！」

松島太太鬆開手，放先生自己進店，自己就站在廊下。松島先生面朝外坐定，確定妻子站著沒動，放心地看菜單。這店裡只賣一種東西，漢堡排，一坨肉泥，外部用大火煎得焦脆，裡面百分之九十是生的，放在熱鐵盤上，一端附加一塊圓餅乾大小的炙鐵，自己夾下小團肉，炙燒滿意火候，沾柚子胡椒，配飯吃。

「哇！我們來點一個大的好不好？」

捨棄套餐，不要甜點飲料，單配飯。松島先生在燙肉的煙幕中，暫時不見了妻子的身影。松島太太絕不能接受的食物有幾種，其一便是漢堡肉，又在這麼大的油耗煙團裡吃飯，真是門兒都沒有！幹了一樁太太不喜歡的事，松島先生飯畢，出到廊下，拍拍抖抖，彷彿便能驅離黏附一身的肉煙味。他不好意思沾染了妻子，便自己一個人走著。

六月的梅雨鋒面，只通過鹿兒島，鋒面雨區的南端，沖繩，乃至臺灣，都已是夏天。而北端的冷空氣，依然將北九州西斜的彩霞中，注滿了春天的微涼。

松島先生其實早就不能吃這麼油的東西，多年來靠著自律，把血糖、血壓的問題，控制得差強人意。一年兩三次回日本，有時三五天、有時八九天，縱情快意。是要在安養中心吊點滴撐三年？還是三分熟的牛排啃到心肌梗塞？單選題！

更何況，在全無熟人的日本，沒有打擾，寂寞來得特別快，想念妻子，並聚合她的影像相對容易。

漢堡排確實太油了，打嗝到略有反胃。經過超級商店，他買了另一件違禁品，雪糕。巧克力，醫生說，是「巧」妙「克」服病痛的原動「力」，夾心是流動的糖膏，脆外皮是北海道鮮乳。

他來到人行道，坐在長椅上，剝開雪糕，咬開一口，確定了口味。松島先生把雪糕湊向松島太太，她側側眼角，跟年輕的時候一樣，確定附近沒有其他人，然後，像是小學生偷偷幹了一件老師絕不允許的事情的表情，快速舔了一口。你一口、我一口，是他們的浪漫，是他們終身不離不棄的約定，在分食的過程中，確定他們一體，他們完整。

天暗了，街燈點亮。松島先生感激地望著妻子，半滴眼淚依掛在眼角。松島太太笑著，像是三十年來不曾變過的體貼，說了一聲：「傻瓜。」松島先生的眼淚奪眶而出，彷彿一整天，就在等她說上一句話。淚眼婆娑中，生怕模糊了妻子的影像，不敢放肆奔淚。

晚風徐來，一吹，不多少的眼淚，又乾了。

附錄

司馬中原和二馬中原

（原《影劇六村有鬼》前言）

有一年受邀，在金鐘獎晚會上擔任頒獎人。很早到了後台，巧遇頒發另一個獎項的司馬中原先生。看他氣色好，長長的眉毛，尾端下垂，忍不住讚嘆：「此乃長壽之相！」

司馬老師毫不謙遜，回道：「是的，我還要活很久，久到很多人都不在了，而我還在。這日子我自己知道，但不能告訴你。」

眾人對他的印象，來自廣播電視的講鬼，我所認識的司馬中原，是鄉野傳奇、武俠小說作家。幼時讀《國語日報》所連載的《呆虎傳》，是我進入司馬中原浪漫世界的大門。

「影劇六村」是我創造的虛幻喜劇世界，在早年的相聲表演節目裡，「戰國廁」與「八街市場」都已畫出鮮明的結構。但住在村裡的各戶人家，他們的生活、情感、人際關係又是什麼？我一直很想把他們都「記」起來。

在回憶的過程中，許多零散片段不周全，得靠杜撰來黏接，既然開始虛構，就得用下一個胡說來圓這一個謊，更後來，為了強化人們的情感、激出故事的熱情，不得不訴諸靈異。原本想為村民們撰寫的生活紀念冊，變成了「錄鬼簿」。在寫作之初，我就畫了「影劇六村」的草圖，甚至為家家戶戶都打了門牌號碼，在清醒的世界上，沒有一家是真的；在迷離的故事裡，沒有一家不是真的。

大大虛構「影劇六村」的過程中，我的實際記憶也被強力地提煉出來，故人的名字、面容、性情、愛憎一一回到我的眼前，甚至發現，當年所未必理解的事情真相，經過虛構之後，更加清楚了；當年未必熟識的臉孔，在筆端，都成了共生的親人。在幽暗的隧道中摸索，偶然見到幾張似曾相識的面容，他們期待的眼神，無聲的靜默，傳遞著微妙的思緒。

感懷之幽情，創意之幽玄，生命之幽默。

自稱「轉世前沒有喝孟婆湯，所以記得前世」的司馬中原，是我宗法的前輩，因此特別自稱「二馬中元」，來說這些幽情、幽玄、幽默的故事。我對前世的記憶，雖不是透澈的清晰，也有些含混迷濛的印象，雜夢中勾得出一些輪廓，試試下回，再次推開那六扇門前，也賴皮不喝孟婆湯，好將這一世的精彩，再拿去妝點下一世的熱鬧。

當然，還有一位川端康成，他的「掌中小說」也大大影響了我，怕有人沒看出來，所以要提一句。

附錄

關於眷村

（原《影劇六村有鬼》後記）

一九五四年，遷移來臺的中華民國軍隊，改變了一項內部命令，准許現役軍人登記結婚。這項禁令的打破，使得數年間因「自然」情感而結合的愛侶，終能成「合法」眷屬。

一九四九年隨軍來臺的既有眷屬，住在舊式房舍，許多是日本時代的軍人眷舍，甚至有一些是倉庫改建的。整個一九五〇年代，為了安頓新成家的眷屬，由蔣宋美齡女士領導的婦聯會，向各行各業展開勸募，興建了大量的眷村房舍。商會捐款興建的叫「貿商」，工業協會捐款的叫「工協」，海外僑胞集資的叫「僑愛」，青果貿易促成的叫「果貿」。所以，影劇同業公會所捐款興建的眷村，就以感激紀念的理由，定名為「影劇」。捐款的資金，一部分內含在電影票價裡，也就是說，每一位買電影票的觀眾，都對興建眷村實質支援，暖心多情地照應戰後迫遷的難民，這是來自全體臺灣人的大善念、大慈悲。

全盛時期，臺灣有八百多個國軍眷村，其中，有七個名叫「影劇」，分屬於各個軍種需求。

影劇一村，在彰化牛埔。

影劇二村，在臺中西屯。

影劇三村，在臺南永康。

影劇四村，在花蓮美侖。

影劇五村，在臺北內湖。

影劇六村，在基隆暖暖。

影劇七村，在高雄大寮。

在影劇六村長大的作家宇文正，很驚奇地問我：「你小時候也住我村子？我們那時怎麼不認識？」是呀，村子很小，同齡孩子很難互不相識。

我的「影劇六村」，是虛構的，以「戲劇」形式「影射」歷史，是一種沒什麼特別的創作手法，湊巧，這個系列的喜劇受到歡迎，虛構的「影劇六村」就比真實位於暖暖的影劇六村還要出名了，委屈了宇文正，委屈了正牌的影劇六村。然而虛構取代事實，沒有什麼不好，真實世界的眷村，幾乎拆光了，這給了說書先生絕佳的機會，沒有實物可證，更方便故事的流傳。

國中同學許華山，不是村裡的人，套句黑話，是個「臺客」。然而數十年的情感融匯證明，「本」什麼「本」？「外」什麼「外」？都是人心幻覺！芋仔番薯打爛了攪和一團，仍是甜的！大建築師以專業筆觸，為兒時玩伴畫虛構眷村，才是一絕。

偏心者對眷村的最大錯解，就是製造「外省人」這個誤稱，沒有一九四九年大遷移，西北大漠與江南佳麗見不著，擺夷公主和京城貝勒沒緣分，洞庭湖固然在日月潭的「外省」，東嶽泰山又何嘗不在崑崙山脈的「外省」？外來的何止一省？沒有來自原住民各個部落，以及說閩南話、客家話的媽媽們，又哪來下一代？村子裡的孩子們，混吃、混玩、混血、混文化，攪和在一起，活得甜蜜蜜。眷村的存在，恰足以說明臺灣大地的寬容，族群早已融合。

父親一生獻給了軍隊，在我成長過程中，他根本不在家，等他退下來，我又離家了，因此，我們相當不熟。在一次客套的父子對話中，談到「繼承」的問題，父親說：「這眷村房子你喜歡吧？」我說喜歡。他續說：「有一天我走了，你媽還能繼續住，但你媽也走了，你就得滾出去。」他說得直白，我聽得肉跳：「怎麼？我是長子，沒有繼承權嗎？」父親說：「眷村是國家照顧我們的，卻不是我們的財產。你想要自己的房子，自己去掙！」

許多年後，爸爸做了神仙，村子被夷為平地，我問八十老母：「妳覺得眷村該拆嗎？」媽說：「該拆，都是臨時安頓的房子，原就不是長久之計。」我更加慶幸，在戰火浮生塵埃落定的時刻，躬逢其盛，歷經了註定曇花一現的人心聚落。

生長於眷村，享用資源，甚至因為父親服務軍旅，享用教育補助待遇，直念完研究所，都無需繳交學雜費。這在某些有心人看來，簡直寄生蟲！而我是寄生蟲嗎？大戰、內戰不是我父母掀起的，戰後遷移，他們當時仍是少年，也操縱不來，循著歷史因緣出生的戰後嬰兒，沒有一個是自由意志下的選擇。數十年間，找尋自己出生在奇幻小島上的意義，敦促自己出類拔萃，村裡的兄弟姊妹，正直向上，理由是相同的。

我努力不懈，不想辜負這段驚奇的人生旅程。

附錄

遇見夏曼（原《影劇六村活見鬼》自序）

在臺大新生南路側門路邊咖啡座，遇見夏曼·藍波安，正以開懷、酣暢的語氣，逗樂著兩位俏麗女士。

我說：「心情不錯啊！不做樵夫、不做漁夫，在街邊咖啡座逗女生！」

多年前第一次遇見夏曼，是在暑假的文藝營，我們都去為年輕人講課。課間休息，夏曼不待在屋內吹冷氣，也不在水泥廊下灌風，只在樹下乘涼。他先認出我來，劈頭就說：「你算是我的姻親。」我不知緣由，請教道：「區區一個眷村子弟，西北秦人後代，怎有榮幸是達悟族勇士的姻親？」夏曼說：「我姊姊嫁到你們左營眷村，我姊夫是山東人！你大概也是山東人吧？」

後來知道，山東人和他交好：張大春、初安民、張國立（其實是山東隔壁），也因此，夏曼把欣賞的人優先定義為山東人。山東就山東，從此我們是聊得來的朋友，一度，他還被寫進【相聲瓦舍】的荒謬喜劇情境裡。

前不久遇見夏曼，是在《影劇六村有鬼》的新書發表會上。我寫那本書的時候，請他也寫一個蘭嶼的鬼故事，以壯聲勢。他先表示「正在當樵夫，教兒子選木頭、造拼板舟。」答應回來就寫。後來，時間逼近截稿，他更表示「飛魚來了，忙翻了，太疲憊。」就賴掉了。兩個理由，都是蘭嶼原住民生活與文化的重頭戲，小小卑賤（山東）漢人，哪敢以催稿僭越，耽誤達悟族造舟、捕魚？

夏曼悄悄飄來我的新書發表會，當場口述一個「鬼」的故事，以為彌補，可以刊在下一本《影劇六村活見鬼》。他說：

小時候「國語」課目考試，要我們填空：「太陽下『　　』了。」書上的正確答案是「下『山』了」，但對全班三十個達悟族兒童而言，具體生活經驗，太陽是「下『海』了」。後來我到西安開會，到北京演講，才明白這些地方的太陽，都是下「山」的，也就怪不得當時教我們的外省老師，堅持答案是下「山」。但是當我到了香港，一觀察又發現，香港的太陽，既不下「山」、也不下「海」，香港的太陽，是下「樓」了。這說明了全世界不同地方的人，對太陽下去哪兒，各自有著不同的經驗和見解，到了阿里山上，太陽是下「雲」。如果要以個人的觀察強加他人，要求別人也同意太陽必須是下「山」，那就是活見鬼。

聽完，不覺困惑？「鬼」在哪裡？他老兄說：「活見鬼呀！你書名不是活見鬼嗎？」原來，漢人「厚皮鐵布衫」的功夫，夏曼早已練得，該不會是「姻親」祕傳？

眷村是第二次世界大戰結束後，最具時空特色的人類生活聚落，卻因各方面的因素難以保存，大部分遭到拆除命運。看著電視上播的汽車廣告生悶氣：想要回家，農村的青年便開著那個牌子的車子回家幫忙搬香蕉。想要回家，客庄的青年便開著那個牌子的車子回家幫忙染花布。想要回家，部落的青年便開著那個牌子的車子回家幫忙撒漁網。眷村的青年呢？拆光了我們的家，令我們連「想回」的標的符號都找不著？

我的出生地也被剷平，失去了家，所以拚命用文字、語言，創造家的味道。「影劇六村」的虛構，不止是一種懷想、一種眷戀，而是通過創造，使得眷村在文化中重生，村民淡出的臉孔，能在重新建構的故事裡，再度清晰。

家的具體形狀雖不存在，但經過修練、已經善於穿越時空的我，明白了一個永恆的道理：心在哪兒，家就在哪兒。

場景拉回新生南路邊的咖啡座。夏曼指著我身旁的女孩兒問：「這是你的助理？」我說：「還不是，此刻還是我的學生。」那是徐妙凡，師大的學生，我們談得來，經常一起吃飯喝茶，說說劇本、說說表演，請她為《影劇六村活見鬼》的各個篇章，進行名言妙句的聯想搜集。另一位剛畢業的學生羅雙，確實已經加入創作團隊，也為本書的「延伸閱讀」條目，進行初級撰寫。曾湘玲第二次為我的鬼故事畫插圖，浪漫詩意卻在鬼氣之上。

夏曼想要虧我：「那你自己還不是帶著漂亮小妞逛街。」我這嘴，豈能讓他？立刻回道：「是呀！因為就怕遇見你，我身旁若是不多預備幾個好的，就慚愧得不敢和你打招呼了。」

在重新安身立命的臺北水泥堆中，居然能輕易遇見屬於海洋的夏曼？也算是廣義的活見鬼了！

新版後記

大江大海的浪跡中，我們的先人，落入凡塵。原本不平凡的身分、不平凡的家世、不平凡的來歷、不平凡的祖傳祕方，都帶到了眷村。

在眷村出生的孩子們，每一個都是平凡的出身、平凡的血統、平凡的傻氣、平凡的活著，身旁充滿著平凡的關愛。如果說這樣的環境，給了孩子們什麼訓誡？應是：無私扶持、相濡以沫、四海一家。

其中有一些人，有不平凡的際遇，造就不平凡的氣度，開創不平凡的人生，大官、大盜、大哥、大俠、大師……都是時空賜予的機緣。

還有比過著平凡幸福的人生，更能顯耀先人的嗎？

「影劇六村」是【相聲瓦舍】劇本中虛構出來的，發展為儲備故事庫，眷村拆光了，故事開始了。一百則曾經為人的鬼故事，幽闇微明的平行宇宙，燃犀洞照出曾經擦肩、潛意識撩撥不去的臉龐。

少數人的故事，是隨興棄置？還是妥慎珍藏？還好，「影劇六村」的種種，不過是敝帚自珍。身為「少數人」的後代，自憐自重，捏造一些接近真相、而又絕非事實的故事。也壓根兒沒設想，《影劇六村有鬼》和《影劇六村活見鬼》有緣能合併再版，使得一百則介乎微型小說和敘事散文之間的曖昧文體，得以繼續傳揚。

感謝「時報出版」的青睞，也敬賀「時報」五十週年，躬逢其盛！

CM00112

影劇六村飄阿飄

作者——馮翊綱
封面設計暨內頁插畫——曾湘玲
主編——何秉修
企劃——林欣梅
排版——陳恩安

總編輯——胡金倫
董事長——趙政岷
出版者——時報文化出版企業股份有限公司
一〇八〇一九台北市和平西路三段二四〇號七樓
發行專線／（〇二）二三〇六六八四二
讀者服務專線／〇八〇〇二三一七〇五
（〇二）二三〇四七一〇三
讀者服務傳真／（〇二）二三〇四六八五八
郵撥／一九三四四七二四時報文化出版公司
信箱／一〇八九九臺北華江橋郵局第九九信箱
時報悅讀網——www.readingtimes.com.tw
時報文化臉書——https://www.facebook.com/readingtimes.fans
法律顧問——理律法律事務所　陳長文律師、李念祖律師
印刷——勁達印刷有限公司
初版一刷——二〇二五年一月十七日
定價——新台幣四八〇元

時報文化出版公司成立於一九七五年，
並於一九九九年股票上櫃公開發行，二〇〇八年脫離中時集團非屬旺中，
以「尊重智慧與創意的文化事業」為信念。

影劇六村飄阿飄 / 馮翊綱著 . -- 初版 . -- 臺北市 : 時報文化出版企業股份有限公司 , 2025.01
面； 公分
ISBN 978-626-419-126-5(平裝)

863.57　113019491

ISBN 978-626-419-126-5
Printed in Taiwan